姆咪谷的彗星

〔芬兰〕托芙·扬松 著　徐朴 译

Tove Jansson

人民文学出版社
PEOPLE'S LITERATURE PUBLISHING HOUSE

著作权合同登记号　图字 01-2021-4118

图书在版编目(CIP)数据

姆咪谷的彗星/(芬)托芙・扬松著;徐朴译.
—北京:人民文学出版社,2017(2022.10 重印)
(托芙・扬松姆咪故事全集)
ISBN 978-7-02-012418-3

Ⅰ.①姆…　Ⅱ.①托…　②徐…　Ⅲ.①童话-作品集
-芬兰-现代　Ⅳ.①I531.88

中国版本图书馆 CIP 数据核字(2017)第 046297 号

责任编辑　卜艳冰　王雪纯
装帧设计　李　佳

出版发行　人民文学出版社
社　　址　北京市朝内大街 166 号
邮政编码　100705

印　　刷　上海盛通时代印刷有限公司
经　　销　全国新华书店等

开　　本　890 毫米×1240 毫米　1/32
印　　张　6.625
插　　页　2
字　　数　100 千字
版　　次　2018 年 3 月北京第 1 版
印　　次　2022 年 10 月第 5 次印刷

书　　号　978-7-02-012418-3
定　　价　39.00 元

如有印装质量问题,请与本社图书销售中心调换。电话:010-65233595

内容提要

美丽宁静的姆咪谷，即将发生一场可怕的灾难：一颗不怀好意的彗星正朝这里飞来，它一天比一天变大，一天比一天接近地球，一天比一天红得更加刺眼。天空在燃烧，大地在被灼烤，连大海都快要烤干了……姆咪一家该如何面对这样的灾难？他们能逃过这场劫难吗？最后，姆咪一家终于凭着他们的善良、勇气和智慧，当然还有一点点好的运气，找到了保护自己的巧妙方法，而整个姆咪谷和整个地球，也保住了平安。

我是姆咪妈妈。现在请把书翻到下一页，看姆咪爸爸有什么要向大家介绍的……

姆咪画廊

我是姆咪爸爸。当然，现在你们都认识我了。我这会儿正在发愁——我只想知道我的帽子上哪儿去了。

这一个是小吸吸，姆咪特罗尔的一个小朋友。他有时候笨手笨脚的，不过他心眼蛮好的。

这是小嗅嗅。他是一个孤独的小家伙，完全不像他的爸爸——大快活，不过他同样有自己的主见。

我说不准这个格罗克在这里干什么。她除了当一个惊叹号外，没多大用处。

哈！这位是准哲学家，我们的老朋友麝鼠。他喜欢没人打搅他，让他好好地思索问题——至少他是想让我们相信他是在这样做。

这两个是随时随地都会出现的某甲和某乙——淘气的一对。他们太喜欢玩射豆枪这类玩意儿了。不过，我也有过小的时候，这个我懂。

这是女人味儿十足的斯诺尔克小妞。她曾经爱上了姆咪特罗尔，可是你看看他为她做了些什么。现在，我想起了我自己是个小男孩那会儿……

不过再说下去，如果你高兴，可以说姆咪特罗尔是从老姆咪这块老木头上掉下的一小片小木头。看见他，总让我想起我的小时候……

至于这位赫木伦——为什么这些赫木伦都穿那么多衣服呢？别忘了他是我们姆咪谷最权威的集邮家，同时对姆咪的家谱最熟悉。

好，如果你们要知道更多关于姆咪谷这些古怪又可爱的居民的故事，你们应该看看关于他们的书。我大约在 1952 年写了上面这些说明，时间过得多么快啊！我现在又得在下面再加上几句。

我们在那个奇怪的夏天遇到了这位米萨贝儿。她多么高兴在我的戏里演出和换衣服啊!

这个奇大无比的家伙又是一个赫木伦。有一年冬天，他来到了姆咪谷。他是位了不起的空想社会改良家。嗯……有点太吵闹了。

啊，小嘟嘀——她特别喜欢去游泳馆，尤其喜欢去海滨。说实在的，在某种程度上，她算得上是一位哲学家。

少了小咪咪，这人物表就不完整了。如果没有她的沉着冷静，我们可怎么办?好了，乖小妞，现在咱们得暂时说再见了。

目 录

第一章

这一章说到姆咪特罗尔和小吸吸沿着一条神秘的路到海边去采珠，他们发现了一个山洞，还说到麝鼠如何避免了一次伤风。

姆咪家在那个山谷里住了几个星期，找到了他们那幢给可怕的大洪水冲走的房子（那是另外一个故事）。那是一个神奇的山谷，到处都是些快活的小动物和开花的树木，还有一条窄窄的清澈小河，绕过姆咪家的房子，在流向另一个山谷的途中消失，可到了那山谷它又重新出现。这当然让那里的小动物感到十分惊奇，不知道它究竟是从哪里流来的。

一天早晨，姆咪特罗尔的爸爸干完了在河上架桥的活，小动物小吸吸有了一个新发现（那个山谷里还有许许多多东西等着他们去发现）。那天他在森林里游荡，突然注意到一条神秘的小路弯弯曲曲穿入绿荫。小吸吸着了迷，站在那儿打量了好几分钟。

这些小路和小河很有趣。他沉思道：你看着它们经过，你就觉得心痒痒了，想到别的地方去啦。说不定是想看看小路和小河究竟到哪里去啦。这件事我得告诉姆咪特罗尔，我们可以一起去探险，因为我一个人去有点危险。

于是他在一根树干上用折刀刻了一个秘密的记号，以便将来能再找到那个地方。他很骄傲地想道：姆咪特罗尔会大吃一惊的。接着，他飞快地往家里跑，因为回家吃饭可不能迟到。

姆咪特罗尔正在做一个秋千。他对那条神秘的小路也很感兴趣，因此一吃完饭他们就动身前往。

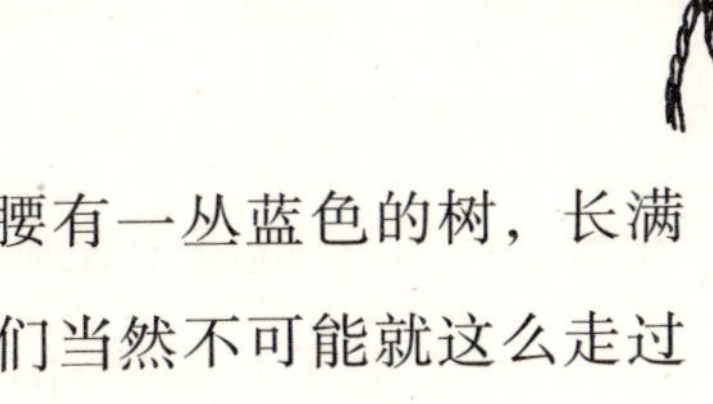

路上，半山腰有一丛蓝色的树，长满了黄黄的梨。他们当然不可能就这么走过去，因为小吸吸说他又饿了。

“我们最好只捡些风吹下来的梨，”姆咪特罗尔说，“妈妈要用这儿的梨做果酱。”但是他们忍不住摇了摇树，以便有更多“风吹下来的梨”。

小吸吸对他们的收获很满意。“你拿着这些‘给养’，”他说，“因为你没什么事可做，是不是？我要忙着考虑一些事情——谁让我是小路的开拓者呢？”

到了山顶，他们转过身来，俯瞰下面的山谷。姆咪家只是一个蓝点，那条河只是一条窄窄的绿带，那个秋千他们根本看不见。

“我们从来没有离家这么远过。”姆咪特罗尔说。这个念头让他们一阵兴奋，身上都起了鸡皮疙瘩。

小吸吸东嗅西嗅起来。他抬头看了看太阳，辨了辨风向，闻了闻空气，事实上他的行为在哪个方面都很符合一个小路开拓者的身份。

“应该就在这里的某个地方，”他急忙说道，“小路开头的地方有一棵李树，我在上面用折刀刻了一个秘密记号。”

“会不会在那儿？”姆咪特罗尔指了指树干左边一簇茂盛的花……

“不，在那儿！”小吸吸尖叫道。他在树干的右边又发现了另一簇茂盛的花。

与此同时，他们瞥见了第三簇茂盛的花，在他们面前另一根树干的右边，但是它长得很高，至少离地有三尺。

“肯定就是那儿，”小吸吸说着，身子向上探了探，“没有想到我又长高了！”

“啊，扎了我一下！”姆咪特罗尔朝四周瞧瞧的时候大叫了一声，“到处都是一簇簇茂盛的花！有的差不多在一百尺高处！我看你发现了一条有魔法的小路。小吸吸，现在有一些鬼怪想阻止我们踏上这条小路。你说呢？”

小吸吸什么也没说，但他的鼻子却发白了。这时，一阵咯咯的怪笑声打破了寂静。一颗很大的青李子飞来，差一点打在姆咪特罗尔的眼睛上。小吸吸吓得一声尖叫，跑开去躲藏。姆咪特罗尔很生气，他决定仔细看看，他们的敌人究竟是谁。突然他看到了她——一只丝猴。他还是头一次和丝猴面对面相遇。

她蜷缩在树杈里，像是一个小小的深色的丝绒球。她的脸圆圆的，颜色要比其他地方淡一点，就像小吸吸脸没洗干净时鼻子的颜色。但是她的笑声要比她的个子大十倍。

“不许发出可怕的咯咯声！”姆咪特罗尔看到她比自己小，就冲着她嚷嚷起来，“这是我们的山谷。你要笑就到别的地方去笑。”

“可恶，可恶！”小吸吸喃喃地说，假装刚才没有给吓着。可是那丝猴尾巴挂在树枝上，笑得比刚才还要响。她扔下来更多的李子。随着一阵让人毛骨悚然的笑声，她消失在了森林里。

“她跑掉了！”小吸吸尖声说道，“来，我们跟上她。”于是他们冲向前去，一头撞入了矮树丛和荆棘。这时，浆果和冷杉球果雨点般飞下来，地下所有的小动物都飞快地

逃进了洞里。

丝猴在他们前面从这棵树上荡到那棵树上。这几个星期里，她还从来没有这么开心过呢。

“像这样跟在一只傻猴子后面跑（阿嚏），是不是很滑稽？”小吸吸终于气喘吁吁说，“我看她才不（阿嚏）在乎呢。”

姆咪特罗尔也有同样的看法。他们在一棵树下坐了下来，假装在考虑什么重要的大事。那丝猴在他们头顶的树杈上舒舒服服地安下身来，也装出一本正经的样子。她跟刚才一样，很开心。

“别去注意她。”姆咪特罗尔小声地说。接着他又大声说：“这个地方挺不错，是不是，小吸吸？”

“是的，小路看上去也很有趣。”小吸吸回答道。

“小路……”姆咪特罗尔若有所思地又说了一遍。这时他突然注意到他们到了哪里。“你瞧，这一定就是那条神秘的小路。”他喘着气说。

它看上去确实非常神秘。头上李树、橡树、白杨树的树枝纵横交错，形成一个黑暗的通道，不知通向何处。

“现在我们必须认真地开始探险，”小吸吸想起来了，他是这条小路的开拓者，“我搜索旁边会不会还有别的小路。你注意前面，如果有什么危险就敲三下。”

“我敲什么呢？”姆咪特罗尔问。

“随你的便，”小吸吸说，“只是不要开口说话。你把我们的‘给养’弄到哪儿去啦？我看你把它们丢了。哦，我的天哪！是不是什么事情都要我亲自去做？”

姆咪特罗尔很沮丧地皱了皱眉头，不过并没有回答。

就这样，他们进一步深入到绿色的通道里去。小吸吸在注意两旁的小路，姆咪特罗尔在看前面有什么危险的家伙冲过来。那丝猴就在他们头上，从这根树枝蹦到那根树枝。

小路在树林间绕来绕去，越来越窄，到最后渐渐消失，消失得无影无踪。姆咪特罗尔看上去给搞糊涂了。“哦，看来也只能这样了，”他说，“它应该是通向什么很特别的地方的。”

他们静静地站在那里，很失望地互相打量。不过就在这时，一股带咸味的风吹在了他们的脸上，还能听到远处有轻轻叹息的声音。

“那一定是海！”姆咪特罗尔发出一阵欢呼。他朝风吹来的地方奔去。他的心怦怦直跳，因为要是能有什么事情让姆咪特罗尔真正喜欢的话，那就是洗个海水澡。

“等等！”小吸吸尖叫道，“别把我丢在后面！”

但是姆咪特罗尔并没有停下来，他一口气跑到了海边，坐下来，一本正经地看着海浪一个接一个滚滚而来。每一个浪尖都泛着白沫。

过了一会儿，小吸吸也走出了树林的边缘，来到了他身边。“这里很冷，”他说，“还有，你记得吗，那一次可怕的暴风雨中，我们跟哈蒂法特纳一起驾船出去，我晕船晕得很厉害？”

“那完全是两码事，”姆咪特罗尔说，“现在我要去洗海水澡了。”他径直奔过去跳进了激浪，连脱衣服都等不及（当然，那是因为姆咪特罗尔通常不穿衣服，除非上床睡觉时才穿）。

那丝猴已经从树上爬下来，坐在沙滩上看着他们。

“你们这是在干吗？”她嚷嚷道，“你们不知道那里很湿很冷吗？”

“我们终于让她对我们另眼相看了！”小吸吸说。

“我说，小吸吸，你能不能睁着双眼潜水？”姆咪特罗尔问。

“不能！”小吸吸说，“我也不想试。谁知道在水底会看到一些什么东西？你要是这样干，遇上什么可怕的事情可别怪我！”

“呸！”姆咪特罗尔说。他潜入一个大浪，向下游去，穿过许多发出绿光的气泡。他越潜越深，来到一大片蜷缩成一团的海藻上面。它们在水流中微微摆动，它们中间装饰着白色和紫色的美丽贝壳。他继续往下潜，绿色的微光越来越浓重，到后来他只能看到一个黑洞。那洞似乎深不见底。

姆咪特罗尔翻身冲出水面。一个大浪直接把他冲回了海滩。小吸吸和丝猴正坐在那里扯大了嗓门喊救命。

“我们以为你淹死了，”小吸吸说，“要不就是一条鲨鱼

把你吞了！”

“呸！”姆咪特罗尔再次表示他的轻蔑，“我跟大海熟得不得了。我在下面的时候有了一个念头，而且是个很好的念头。不过我不知道让外人听见是不是合适。”他目光尖锐地望了丝猴一眼。

“走开！”小吸吸对她说，“我们要谈点私事。”

“哦，请你当着我的面说吧！”丝猴恳求道，因为她是世界上最最好打听的家伙了，“我发誓不透露一个字。”

“我们要她发誓吗？”姆咪特罗尔问。

“好吧，为什么不呢？”小吸吸答道，“不过发誓就得像模像样。”

“你照我说的说，”姆咪特罗尔说，“‘要是在我的一生中不保守这个秘密的话，大地会把我吞掉，老女巫会把我的骨头咬得咯咯直响，我再也吃不到冰淇淋。’现在重复一遍。”

丝猴重复了誓言，不过她有点心不在焉，因为她永远也不可能让一件事在脑子里停留很长时间。“好！”姆咪特罗尔说，“现在我来告诉你。我要去采珍珠，把我所有的珍珠藏在一只盒子里，埋在这片沙滩上。”

“可是我们上哪里去找一只盒子呢？”小吸吸问。

“这个任务就交给你和丝猴去完成好了。”姆咪特罗尔答道。

“为什么总要我去干那些难办的事？”小吸吸闷闷不乐地问，“你却总去干有趣的事？”

“你现在是这条小路的开拓者，”姆咪特罗尔说，“再说，你又不会潜水，所以你就别犯傻啦。”

小吸吸和丝猴沿着海滩出发去找盒子。“可恶，可恶！”小吸吸喃喃地说，“难道他自己就找不到一个破盒子？”

他们东挖挖西挖挖，忙活了一阵子。不过过了一会儿，丝猴忘了他们该干些什么了，开始挖起蟹来了。有一只蟹用它那种古怪的横爬动作，飞快地逃跑，藏在了一块石头底下，因此他们只能看到它的两只眼睛，伸出在两个肉柄上，气势汹汹地朝他们挥舞着。他们又跟踪了它好长一段时间。它跳进岩石上的一个裂缝里，在它周围筑起了一道沙墙，这样他们就抓不到它了。

“哦，还是给它跑了，”丝猴说，“来，我们爬到那些岩石上去。”

那是海岸最最粗犷的部分，一块块岩石十分陡峭，而且犬牙交错。他们爬了一阵子，发现他们爬上了一块伸出在海面上的窄窄的礁石，一边是孤零零的石壁，另一边陡陡地下落到海面上。

“再往前你是不是很害怕？”丝猴问，她四脚并用，对付礁石轻而易举。

“我从不害怕，”小吸吸回答，“不过我认为从这里看出去景色更好。”

丝猴发出一声讥笑，尾巴翘得老高，一个腾跃，就跳了下去。接着，小吸吸听到了她的笑声。“嗨，嗨！”她大声叫嚷着，“我替我自己找到了一所房子，还是一所挺不错的房子！”

小吸吸犹豫了一阵子，但是一听到房子他就忍不住了。（他一向喜欢不寻常的地方和那里的房子。）因此他紧紧闭住眼睛，沿着礁石向前移动。水花好几次打到他身上。他在心中向所有小动物的保护神默默祷告。他以前从来没有这么害怕过，也从来没有感到过自己竟是那么勇敢。终于，他爬过了那块礁石。突然，他碰到了丝猴的尾巴，于是便张开了他的眼睛。她正肚子贴地躺在那儿，头却伸进岩石上的一个洞里，嘴巴里说个不停笑个不停。

“嗯？”小吸吸说，“你说的那幢房子在哪儿？”

“在这里！”丝猴尖着嗓子说。她整个身子消失在了岩石里。这时小吸吸才看出来这是一个山洞，真正的山洞，他一直梦想的山洞。洞口很小，里边却那么宽敞。周围的石壁很平整地向上延伸，直到洞顶的一个缺口，阳光从那里透进来，地上铺满了洁净的白沙。

那丝猴急急忙忙跑到山洞一个角落里的裂缝处，开始一边嗅，一边挖起里边的沙子来。

“这里可能有许多蟹，”她嚷道，“快来帮我看看！”

“别打搅我，”小吸吸严肃地说，“这是到现在为止我一生中最重大的时刻，这是我的头一个山洞。”他用尾巴抚平沙子，叹了口气。

他想，我将永远住在这里。我要钉一些小架子，在沙子里挖一个睡洞，到了晚上再点一盏灯。说不定我还可以做一个绳梯，那样我可以到顶上去看海。姆咪特罗尔会大吃一惊的。

这时他忽然记起了姆咪特罗尔采珍珠的事和那只盒子。“我说丝猴，”他说道，“盒子的事怎么办？你看姆咪特罗尔是不是真的需要盒子？”

“什么盒子？”丝猴问，她的记忆从来不会超过十分钟，“跟我来！我看这里开始有点烦人了。”一转眼她已经出了山洞，沿着礁石回去，又到了沙滩上。

小吸吸慢慢地跟上去。他几次回过头去，很骄傲地望望那个山洞。他满脑子想着山洞的事，爬过那块危险的礁石时也忘了害怕。一路沿着海滩跋涉到姆咪特罗尔采珍珠的地方，他还在思考山洞的事。

那里已经有了一排闪闪发亮的珍珠。姆咪特罗尔还在激浪里时沉时浮，好像一只软木塞一样。而丝猴呢，正忙着在沙子里东抓西抓。

“我是收藏家，”她摆着架子说，“你瞧，我已经把这些珍珠数了五遍了，回回结果都不一样。这不是非常特别吗？”

姆咪特罗尔上了岸，他的怀抱里尽是牡蛎，甚至还有几个挂在他的尾巴上。“嚯！”他一边说，一边抖掉蒙在眼睛上的海藻，“今天够了。盒子在哪儿？”

“海滩上没有什么盒子，”小吸吸说，“不过我有一个大发现。”

“什么发现？”姆咪特罗尔问，因为他最最喜欢的就是有什么发现（除了神秘的小路，哪儿可以洗海水澡和其他种种的秘密）。小吸吸故意卖关子，停了一会儿这才说：

“一个山洞！”

“一个真正的山洞？”姆咪特罗尔问，“有洞爬进去，有石壁，有沙地？”

“全都有！”小吸吸骄傲地回答道，“一个真正的山洞，那是我自己发现的。”他向丝猴眨眨眼，可是，她正在第八次数珍珠，对山洞再也不操那份心了。

“好极啦！”姆咪特罗尔说，“了不起的新闻。一个山洞比一只盒子强多了。我们这就把珍珠拿到那边去。”

“这正是我想做的事情。”小吸吸说。

他们把珍珠拿到山洞里去，整整齐齐排在地上，然后躺在那里仰望洞顶缺口里的天空。

“你知道吗？”姆咪特罗尔说，“你要是在天空向上飞成千上万里，那里就不再是蓝的。天会变得很黑很黑。白天也一样。”

“为什么？”小吸吸问。

“事情就是这样嘛，”姆咪特罗尔回答，“黑暗中还有许多大得没边的天魔，像蝎子啊，熊啊，公羊啊什么的。”

“它们危险吗？”小吸吸问。

“对我们没有危险，”姆咪特罗尔回答，“它们每隔一段时间要抓几颗星星吃。”

对这一点小吸吸堕入了沉思默想。过了一会儿，他们不再谈话，只是躺在那里看日光从洞顶倾泻下来，爬到沙子上，在姆咪特罗尔的珍珠上闪烁。

晚上，姆咪特罗尔和小吸吸很晚才回山谷里的蓝屋。那条河在桥下静静地流淌，几乎没有一点皱纹。新漆的桥显得格外有生气。姆咪妈妈还在花坛周围镶嵌了贝壳。

“我们已经吃过了晚饭，”她说，“孩子们，你们最好自己到食品室里去看看能不能找到一些吃的。”

姆咪特罗尔兴奋得跳跳蹦蹦。“我们去的地方离这里至

少有一百公里！”他说，“我们是沿着一条神秘的小路前去的。我们找到了一些非常有价值的东西，那种东西开头的字母是Z, 最后一个字母是U。不过我不能告诉你那是什么东西，因为我们受到誓言的约束。”

“我也发现了一样东西，那东西开头的字母是S, 最后一个字母是G!”小吸吸尖声尖气地说，“中间还有一个字母A和O，再有的字母我就不能说啦。”

“很好！”姆咪妈妈说，“你们倒是想想看！一天两个大发现！亲爱的，快去吃晚饭吧。汤热在炉子上。不要哇里哇啦吵得太厉害，爸爸在写东西。”

她继续用贝壳装饰花坛，一个蓝的，一个白的，一个红的，这样一组组排列下去，看上去确实非常美丽。她悄悄地吹着口哨，只有她一个人听得见，心里在想，空气中有一种气息，说明天快下雨啦。这时起了风，每隔一会儿风就会变大，把树吹得东摇西摆，树叶也跟着翻来翻去。姆咪妈妈注意到有一排排云在地平线那儿聚集起来，开始从天空上涌过来。

她想，但愿别再来一场洪水。她捡起剩下的贝壳，进了屋。这时，雨滴已经开始落了下来。

到了厨房里，她发现姆咪特罗尔和小吸吸谈他们的冒险谈得疲倦了，已经一起蜷缩在一个角落里睡着了。她在他们身上盖了一条毯子，便坐在窗边补姆咪爸爸的袜子。

雨劈劈啪啪落在屋顶上，外面一片沙沙声。很远的地方，雨也下在了小吸吸的山洞里。森林深处，丝猴爬进了一个深深的树洞，把尾巴围在自己的脖子上保暖。

深夜里，人人都已经上床睡觉，姆咪爸爸听到一阵响

声，好像有人在唉声叹气。他坐起来听了听。雨水顺着落水管哗哗地冲下来，什么地方有一扇百叶窗在碰响。接着，那个听着让人伤心的声音又来了。他穿上睡衣，要在房子里到处看看。

他看了看天蓝色的房间，看了看杏黄色的房间，又看了看漆成斑斑点点的房间，到处都是一片寂静。最后他拉开沉重的门闩，朝雨里张望。他的手电照亮了一条小路，雨滴在灯光里像钻石一样闪耀。

“天哪，你怎么会落到这个地步！”姆咪爸爸高声叹息，因为台阶上蹲着一个浑身湿透、可怜巴巴的东西。那东西有两只黑黑的、闪烁的眼睛。

“我是麝鼠，”那个不幸的家伙有气无力地说，“要知道，我是一个哲学家。我只想指出一点，你那建桥的活动彻底毁了我河岸上的家。不过尽管如此，发生了这种事一点也没有关系。我必须说，即便是一个哲学家浑身泡在水里，他也并不放在心上。”

“我真是十分抱歉，”姆咪爸爸说，“我没有想到你住在桥下。请赶快进来。我妻子一定会为你搭一张床。”

“我并不怎么喜欢床，”麝鼠说，“它其实是不必要的家具。我住在一个洞里，而且住得很开心。当然啦，开心不开心对一个哲学家来说是无所谓的。不过，那确实是一个很好的洞……”他说这些话并不是想要显得不知好歹，因此他打起足够的精神，拿出足够的热情进了屋。他抖掉身上的水说：“啊，这是一幢多么不同寻常的房子！”

“这是姆咪屋。”姆咪爸爸说。他明白他是在跟一个不

同寻常的家伙在说话："它本来建在另外一个地方，几个月以前我们遇到一场大洪水，是洪水把它冲到这里来的。我希望你在这里能快活。我发现这是一个工作的好地方。"

"我在哪儿都能工作，"麝鼠说，"那完全是思索的事情。我坐着思索一切的一切如何都是没有必要的。"

"真的吗？"姆咪爸爸问，麝鼠的话给他留下了深刻的印象，"我是不是可以请你喝一杯酒挡挡寒气？"

"酒？我不得不说，那是不必要的，"麝鼠说，"不过喝上一小口，不管怎么说，也不是不受欢迎的。"

于是，姆咪爸爸偷偷溜进厨房，在黑暗中打开了酒柜。他把爪子伸到最最上面的架子上，想取一瓶棕榈酒。伸着伸着，突然哗啦一声好不可怕。他碰掉了一只蔬菜盆。这幢房子顿时整个醒了过来。人在哇里哇啦，门在砰砰啪啪，姆咪妈妈奔下楼来，爪子里举着一根蜡烛。

“噢！是你，”她说，“我还以为有人闯了进来。”

“我想把棕榈酒拿下来，”姆咪爸爸说，“不知哪个傻瓜把这只笨头笨脑的蔬菜盆放在架子的边边上。”

“别放在心上，”姆咪妈妈说，“把它打破倒是件好事，它实在太难看。亲爱的，爬到凳子上去，这样拿起来容易一些。”

于是姆咪爸爸爬上去拿了酒和三个玻璃杯。

“第三个杯子是给谁用的？”姆咪妈妈问。

“麝鼠，”姆咪爸爸答道，“那是一个大人物。他要住到这里来，当然要得到你的允许，亲爱的。”于是他把麝鼠叫了进来，把他介绍给姆咪妈妈。

他们坐在阳台上互相为健康祝酒。虽说时间已是半夜，他们还是允许姆咪特罗尔也下楼来。雨还在下，风吹进烟囱里，发出怪怪的呼啸声。

“我一生都住在这条河的河岸上，”麝鼠说，“我从来没有见到过这种天气。对我来说，这并没有什么区别。当然，

除非给我一些新的东西让我思索。这些大山的另一边是又热又干的山谷，雨下到那边去就要好得多。我们这里并不需要雨，也不需要每天早晨都有的浓雾。”

“你一生都住在这里，你又怎么知道大山的另一边的情形呢？麝鼠大伯？”小吸吸问。

“有一只水獭有一次游到这儿来告诉我的，”麝鼠回答道，“我自己从来没有作过这种不必要的旅行。”

“我爱旅行！”姆咪特罗尔大声说道，“我想，不需要的东西几乎就没有。只有吃粥，洗……”

“嘘，孩子，”姆咪妈妈说，“这位麝鼠是个聪明人，它样样都懂，也知道这些东西为什么是不需要的。正如我说过的那样，我只有一个希望，那就是不要再发洪水。”

“谁知道呢？”麝鼠说，“最近空气里肯定有点怪。我有些模糊的预感，想的也比平时多。究竟会发生什么事情，对我来说都无所谓，不过有件事情是肯定的，那就是要发生什么事情。”

“什么可怕的事情？”小吸吸问，他把睡衣紧紧裹在身上。

“现在我们全都睡觉去，”姆咪妈妈说，“小孩晚上听恐怖的故事不太好。”

于是他们全都爬回自己的角落里去睡觉了。不过到了早晨，雨云还在天空压着，寂寞的风还在树林里呼啸。

第二章

这一章最重要的描写对象是带尾巴的星星。

第二天，天空多云。麝鼠来到外面花园里，躺在吊床上思索。姆咪爸爸在天蓝色的房间里写他的回忆录。姆咪特罗尔在厨房门口闲逛。

“妈妈，”他说，“你认为麝鼠提到那些预感时，是不是指什么特别的事情？”

“我并不认为他真的指什么大事，”姆咪妈妈说，“不要担心，亲爱的。也许他只是淋雨得了伤风，因此感觉有点怪怪的。我说，你跟小吸吸一起到蓝树林里去采些梨来。”

姆咪特罗尔出发了。他已经想好了，过后再去跟麝鼠谈谈。他跟小吸吸找了一架最长的梯子带着上山。

“你准备到我的山洞里去？”小吸吸问。

“是的，”姆咪特罗尔回答道，“过一会儿再去，因为我们先得替妈妈采些梨。”

他们来到那棵最大的蓝树跟前，只见丝猴正坐在树枝上等他们。

“哈啰！”她尖声尖气叫道，“多么可怕的天气！我的房子湿透了，整个森林也很糟糕。你们想到这儿来抓蟹？”

“我们没有时间，”姆咪特罗尔说，“妈妈要做果酱。另外我们还有许多大事要考虑。”

“说说看！”丝猴说。

“除了一些正在发生的事，我不能告诉你什么，”姆咪特罗尔说，“有些非常可怕的事，这种事人们知道得很少。不过最近的空气中已经有一种让人怪怪的感觉。”

“哈哈！”丝猴说，“很有趣！”

“闭上你的嘴，”姆咪特罗尔把梯子靠在蓝树上，“你得换个样子，想办法也帮上点忙。”

采梨的活很有趣，因为你可以让它们从树上掉下来。摇树的时候，你想使多大劲就使多大劲。掉下来的梨像橡皮球一样从地上弹起来。姆咪特罗尔跟丝猴两个，一个在地上捡，一个在树上扔，同时还叫叫嚷嚷。那些梨四处蹦跳。到后来，地上铺满了梨，丝猴笑得差点从树上摔下来。

“够啦，”姆咪特罗尔终于上气不接下气地说，“够做一年果酱了。现在我们把它们全都滚到河里去。我在桥那边把它们拦住。丝猴你待在这儿管这一头，小吸吸管水上运输。”

“把梨滚到水里去！”小吸吸兴奋地尖叫道。他朝河边奔去。丝猴把梨一个个滚下山坡去。它们扑通扑通掉下水，在流水里打转，还跳过水里的一块块石头。小吸吸拿着一根杆子跑来跑去，要是它们没有漂到桥下，途中卡住了，就捅它们一下。姆咪特罗尔就在桥那儿把它们兜住，堆在岸上，堆了一大堆。

“嗨，”姆咪特罗尔回到花园里时说，“你看我们是不是采了一大堆？”

“那还用说！”姆咪妈妈叫喊起来，“我从来没有看到过那么多的梨！”

“那么我们能不能把我们的午饭带走，”姆咪特罗尔问，“去一个属于我们的秘密的地方？”

“你就答应吧！”小吸吸恳求道，“多带一些吃的，好让丝猴也够吃。我们能再带些柠檬水吗？”

“喔，当然，亲爱的。”姆咪妈妈说，她把各种各样好吃的东西包起来，放在篮子里。为了防备下雨，上面还放了一顶伞。

他们到达山洞时，天还是阴沉沉的。姆咪特罗尔一路上很安静，他有些担心他的珍珠。一爬进洞口，他就惊慌地叫起来：“有人来过啦！”

“到我的山洞里来！”小吸吸尖声嚷嚷，“可恶可恶！”

他们留下的珍珠有人把它们收集起来，放在山洞中央的地上，整整齐齐排成一个图案。“随你怎么数，你再数一数，”姆咪特罗尔对丝猴说，她是在树林里跟他们会合的，“你是收藏家。”

她数了四遍，接着为了有好运气，她又数了一遍，但是回回得到的数目还是不同。“上回是多少数目？”姆咪特罗尔问。

“我记不得了，”丝猴说，“不过回回都跟我原来的数目不一样。”

“哦，”姆咪特罗尔说，“那好，我看最后数的一定正确。不过我在纳闷，究竟是谁到这里来过呢？”

他们坐在那里垂头丧气地看着珍珠的图案。

“它看上去像是什么东西？”小吸吸终于说，“我看是一颗星星。”

“带一条尾巴。”丝猴说。

小吸吸怀疑地看了她一眼。“我在想，这会不会是你干的？”因为他记得很清楚，丝猴曾经在所有的树干上弄了一簇簇茂盛的花，算是神秘小路的记号。

“看上去像是我干的，”她说，“不过这一回恰恰是别人干的。”

“看上去谁干的都有可能，”姆咪特罗尔说，“现在别去管它了，我们先吃东西。”

于是他们从篮子里拿出薄煎饼、三明治、香蕉和柠檬水，平均分成三份。有那么几分钟，他们都很安静，都在快活地咀嚼食物。等样样东西都吃完了，他们在沙子里挖了一个洞，把纸和香蕉皮埋在里边。接着他们又挖了一个洞，把珍珠也埋在沙子里。姆咪特罗尔这才说：

“现在我吃完了东西再想想，所有的事情都有点清楚了。这带尾巴的星星可能是一个警告，也可能是一个威胁。可能有个人不知为什么正在生我们的气，比如，那是一个黑社会。”

“你以为他们就在附近什么地方？”小吸吸问道，他开始有点不安起来，“他们很容易生我的气，是不是？”

“是的，特别生你的气，”姆咪特罗尔说，“很像是这么回事。可能你发现的就是他们的山洞。”

小吸吸脸色苍白极了，他说：“我们是不是该回家啦？”当然谁都没有去理睬他。他们来到外面的礁石上看起海来。

那海像一条巨大的鸭绒被，上面有一些白花。这些花就是在水里休息的海鸥，伸出的头全朝着大海。

突然，丝猴开始哈哈大笑起来。“瞧！”她说，“这些海鸥多么滑稽，它们以为自己是什么刺绣品。它们刚把自己绣成一个大大的星星！”

“还带着一个尾巴！”姆咪特罗尔叫了起来。

小吸吸开始哆嗦，哆嗦得厉害。接着他拔腿就跑，跑过了那块礁石，完全忘了他以前曾经害怕会掉下去。他穿过沙滩，直奔姆咪谷而去。一路上，一簇簇野草、一个个树根让他磕磕绊绊，跌跌撞撞，树枝也缠住他不放。他扑倒在地，跌破了鼻子。他劈里啪啦蹚过一条小涧，好不容易昏头昏脑、筋疲力尽到了山谷。他像一支箭一样冲进了姆咪屋。

“怎么回事？”姆咪妈妈问，她正在搅拌果酱。小吸吸爬到她身边，把鼻子埋在她的围裙里。“黑社会正在追赶我，”他压低嗓子说，“他们要来抓我，还……”

“有我在，谁也休想！”姆咪妈妈说，“得啦，这里有个盘子，里边还有好多果酱，舔舔怎么样？”

“我不敢，”小吸吸呜咽道，“现在不行，以后恐怕永远不行了！”过了一会儿，他又说：“好吧，趁他们还没有来，我就在边上舔舔。”

不久，姆咪特罗尔来了。那时候他妈妈已经装满了最大的果酱罐，小吸吸也刚刚舔完了盘子。

“嗯，”姆咪特罗尔说，“真是怪事一桩桩。”

“又发生什么事了？”小吸吸问，从盘子上抬起头来。

“没什么，”姆咪特罗尔回答道，他不想再吓着小吸吸，“我要去跟麝鼠谈谈。”

麝鼠还躺在吊床上思考。

“下午好，麝鼠大伯！”姆咪特罗尔说，“你知道吗，有些事情开始发生了？”

“随你怎么说也没有什么新鲜事。”麝鼠说。

“哦，对，”姆咪特罗尔说，“完完全全的新鲜事。有人在森林里到处做一些秘密的记号，不知是警告，是威胁，还是别的什么的。刚才丝猴跟我回家的那一会儿，有人把妈妈做果酱的梨排成了一个图案，看上去像是一个带尾巴的星星。”

麝鼠两只黑眼睛闪闪发亮地看了看他，捻了捻胡子，

什么也没有说。

“还发生了一些事呢，”姆咪特罗尔一个劲儿地说，“海鸥做了同样的记号。蚂蚁也在树林里的小路上做了这样的记号。我相信那是一个黑社会在威胁小动物小吸吸，要对他进行报复。”

麝鼠摇了摇头。“我非常非常尊重你的推断，”他说，“不过你错了，完完全全、彻彻底底地错了，那是毫无疑问的。”

“喔！那好，这倒是件好事情。”姆咪特罗尔说。

“哼！”麝鼠闷闷不乐地回答道，“当然对我来说，全都一样。不过我不得不承认，我得到了一点小小的满足，因为这证明，我的预感是正确的。”

“你这是什么意思？”姆咪特罗尔问，“有些不必要的事情正在发生？”

麝鼠静静地思索着，他的额头布满了皱纹。

“你知道一个带尾巴的星星是什么意思吗？”最后，麝鼠问道。

“不。”姆咪特罗尔说。

“那是一颗彗星，”麝鼠说，“一颗发光的星星，在天空以外黑沉沉的宇宙里闪过，后面拖着一根发光的尾巴。”

“啊，吓了我一大跳！”姆咪特罗尔叫了起来，他的眼睛因为恐怖睁得大大的，“它会到这儿来吗？”

“对这一点我没想那么多，”麝鼠回答道，“也许会来，也许不会。对一个知道什么事情都是不必要的人来说，所有这一切都无所谓。”

姆咪特罗尔抬头看看平平静静的灰色天空，想着它一天又一天是个什么样子。“可全都一样，”他喃喃地说，“我不喜欢，我一点也不喜欢。”

“现在我想睡觉了，”麝鼠说，“我的孩子，跑去玩吧。你想玩儿多久就玩儿多久。”

姆咪特罗尔犹豫了一下。“还有一件事，”他说，“有没有人对彗星的习性很了解？有没有人知道彗星会不会碰撞地球？”

“嗯，孤独山上天文台里的教授们应该知道这些吧，”麝鼠说，“要是他们果然什么都知道，这个自然也应该知道。不过现在你出去玩吧，让我清静清静。”

姆咪特罗尔走了开去，苦苦地想着这些问题。

“他说了些什么？”小吸吸问，他一直等在转角的地方，

“真的是黑社会干的吗？”

“不。”姆咪特罗尔说。

“也不是一个天魔？”小吸吸担忧地问，“不是蝎子，也不是熊？”

“不，不，”姆咪特罗尔说，“你再也不用担心啦。”

“可你为什么看上去那么严肃呢？”小吸吸问。

“我正在考虑问题，”姆咪特罗尔说，“我正在考虑你我要去远征的问题，那是我们从来没有过的一次最长最长的远征。我们要去找孤独山上的天文台，通过世界上最大最大的望远镜观察星星。我们最好马上动身，越快越好。”

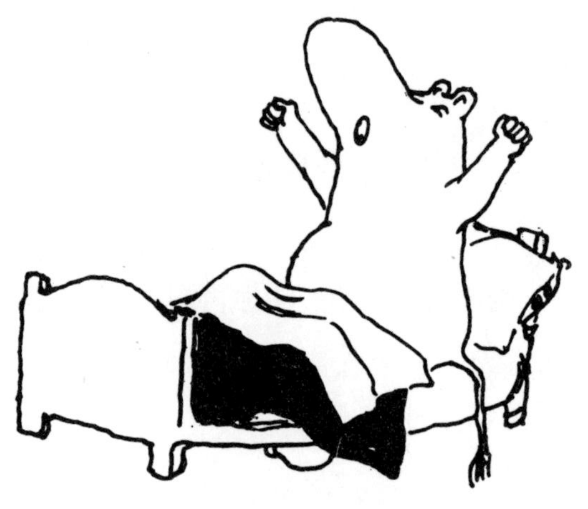

第三章

在这一章里，我们将一起学习如何对付鳄鱼。

第二天早晨，姆咪特罗尔甚至还没有完全清醒过来，就从骨头里感觉到这是一个特殊的日子。他坐起来打了一个大呵欠，这才记起来，那是他和小吸吸要进行伟大远征的日子。他奔到窗口去看看天气。天空仍然多云，密密的云低低地挂在山上，花园里的树叶全都纹丝不动。姆咪特

罗尔非常激动，把他对彗星的恐惧都丢在了脑后。

他想，我们首先要确定这件肮脏的勾当想在哪儿着手，然后设法阻止它到这儿来。不过这件事最好就我一个人知道，要是让小吸吸知道了，他会怕得要死，到那时他对谁都不会有半点用处了。

他高声叫喊起来："快起来，小动物！我们就要出发啦。"

姆咪妈妈早早地起了身，打好了背包，还忙前忙后准备一双双羊毛袜和一包包三明治，而姆咪爸爸也在桥下准备好了他们的木筏。

"妈妈，亲爱的，"姆咪特罗尔说，"我们不可能把这些东西全都带走。人家会笑话我们的。"

“孤独山里天很冷，”姆咪妈妈说着又把一顶伞和一个煎锅塞了进去，“你们带了罗盘没有？”

“带了，”姆咪特罗尔回答道，“你能不能把那些盘子留下来？我们用大黄叶子吃饭是很方便的。”

“随你的便，我的孩子，”他的妈妈说着，从背包底层把盘子取了出来，“我看现在样样齐备了。”于是，她到桥下去给他们送行。

木筏已经扬帆待发。丝猴也到桥下来送他们。她不肯跟他们一起去，因为她怕水。

麝鼠没有来，因为它不希望有任何事情打扰它沉思样样东西的毫无用处。（除此之外，它也有点气恼姆咪特罗尔和小吸吸，因为他们在它的床上放了一把梳子。）

“听着，别忘了，要在河靠右的一边行驶，”姆咪爸爸说，“你们要是请我一起去，我是不会介意的。”他若有所思地说，想起了年轻时候的冒险旅行，跟那些小哈蒂法特纳到处游荡。

小吸吸和姆咪特罗尔跟他们挨个拥抱。缆绳割断了，木筏开始顺着河水漂去。

“别忘了问候所有特罗尔家的亲戚！”姆咪妈妈嚷道，

“你知道，他们一个个都头发蓬松，圆头圆脑的。天冷了要穿上羊毛裤！治肚子痛的药粉放在背包左边的口袋里！”

可是木筏已经漂过头一个河湾，伸展在他们前面的是一个荒凉而迷人的陌生世界。

傍晚很迟的时候，他们那块铁锈红的帆松松垮垮挂在那里，黑影憧憧的两岸间，躺着银灰色的河。没有一只鸟在唱歌，甚至最最没有头脑的唠叨雀也不吭声，平常它们可是从早唱到晚的。

“整整一天没有一次冒险。”小吸吸说。这会儿水流比较缓慢，轮到他掌舵。“除了灰色的岸，还是灰色的岸，一次冒险都没有。”

“我看漂在一条弯弯曲曲的河里其实够危险的，”姆咪特罗尔说，“你根本不知道下一个转弯你会遇到什么东西。小吸吸，你一直想要冒险，可危险来了，你又吓坏了，不知道怎么办才好了。”

“哼，我又不是一头狮子，”小吸吸责备他说，“我喜欢小小的冒险，不大不小的冒险。”

正在这时，木筏慢慢绕过一个河湾。

“对你来说，这里正是一个不大不小的冒险。”姆咪特罗尔一边说一边指了指前面。在他们的右前方的沙岸上，躺着一堆灰色的大木头，这些大木头排成了一个神秘的图案，一颗带尾巴的星星！

“又是那个图案！”小吸吸尖叫道。

突然那木头动了起来，而且长出腿来，接着一大堆东西全都悄悄滑入了水中。

“鳄鱼！”姆咪特罗尔大叫一声，跳到了船舵旁，“但愿它们赶不上我们！”

那条河里似乎挤满了怪物。它们的眼睛在水面上闪出淡淡的绿光，不仅如此，还有更多灰色的黑影从泥泞的岸上滑到水里来。

小吸吸坐在木筏的头上，吓得身子都僵硬了。直到一只鳄鱼在他边上伸出鼻子来，他才动弹起来，用一根桨猛打它的头。

那真是一个可怕的时刻。它们的尾巴掀起了阵阵水花，一张张巨大的嘴巴，露出尖尖的牙齿，愤怒地乱咬一气。木筏让人心惊胆战地上下摇摆。

姆咪特罗尔紧紧贴在桅杆上，连连尖叫救命。这时，木筏的帆幸运地兜上了一阵刚刚刮起的小风，很快向河的下游漂去。那些鳄鱼张大了它们狰狞的大嘴，追了一大段路。

小吸吸把头埋在他的爪子里，姆咪特罗尔也吓得够呛，都不知道自己在干些什么。他从背包里取出了羊毛裤，朝追赶他们的鳄鱼扔去。这马上吸引了鳄鱼的注意力，它们扯住羊毛裤拼命地你争我夺。就在它们把所有的碎片全都吞下去的时候，小吸吸和姆咪特罗尔已经到了几千米开外。

“啊呀，吓死我啦！”姆咪特罗尔大声说道，“这个冒险你该满意了吧？”

“你也尖叫了。”小吸吸说。

“是吗？”姆咪特罗尔说，“我不记得了。不管怎么说，妈妈把一些羊毛裤放进包里是做了件大好事。”

黑暗正在渐渐笼罩那条小河。他们把木筏靠岸以后，就在一棵大树下挨着树根生了一堆火，热了一些煎饼当晚饭。他们把煎饼一个个从煎锅里取出来，用爪子拿着吃。吃完了，他们就爬进了睡袋。这时，夜幕已经降临。

第四章

这一章主要描写姆咪特罗尔他们遇见小嗅嗅，以及遭遇巨蜥的可怕经历。

一天又一天，整个世界依然是灰蒙蒙的，还没有下过一次雨。成群结队的云没完没了地滚过天空，它们下面的大地正在等待。姆咪特罗尔和小吸吸坐着木筏向东越漂越远。他们不习惯没有太阳的天气，变得很忧郁，很安静。

有时他们玩玩牌，写写诗，或者抓条鱼放在罐子里。不过多半时候他们只是坐在那儿看两岸渐渐后退。姆咪特罗尔不时在想那些云分开的时候，是不是会看到那颗彗星。但是它们压根儿就不分开。他巴不得告诉小吸吸，他们出来寻找的正是那个巨大的天魔，不过这样做太危险了，小吸吸只会陷入大大的恐慌。

前后有三次他们看到了哈蒂法特纳，这些白色的小家伙永不停歇地从一个地方游荡到另一个地方，谁也不知道它们漫无目的地在寻找什么东西。一次，它们在河水很浅的地方涉水，还有两次它们坐着发光的小船经过。它们似乎比以往更不安定，蹦跳的速度比以往更快。但是它们既听不见也不说话，因此小吸吸和姆咪特罗尔招呼它们也没有多大用处。

两边的河岸现在看上去不同了。白杨树、李子树和橡树不见了，荒凉的沙滩上孤零零耸立着一些枝条粗大的、黑黑的树。远处灰黄色的大山陡直地伸向天空。

“喔，天哪，”姆咪特罗尔叹息道，“这条河怎么永远到不了头？”

“我们玩玩纸牌？”小吸吸建议道。

姆咪特罗尔摇摇头。“我不想打牌。”他说。

“那么我来替你算算命，”小吸吸缠住不放，“也许你会得到一颗向你闪耀的幸运星。”

“谢谢，”姆咪特罗尔苦笑着说，“我已经有足够的星星，带尾巴的和不带尾巴的都有。”

小吸吸深深地叹了口气，久久地闷坐着看陌生的景色，鼻子放在他的两个爪子中间。突然他的眼睛瞥见了一样不平常的东西。那东西黄黄的，像是一个倒放的蛋卷冰淇淋。这是他们这个星期头一次看到颜色鲜艳的东西。它在下游的水边，远看过去顶上还飘着一面旗子。

姆咪特罗尔和小吸吸又靠近一点，他们确信无疑听到了音乐声，而且是很快活的音乐声。他们兴奋地竖起耳朵听，慢慢地越漂越近。最后他们看出来那是一顶帐篷，于是就欢呼起来。

音乐声停止了，小嗅嗅从帐篷里出来，手里拿着口琴。他那顶旧绿帽上插着一根羽毛，他叫道：“喂！喂！船上的人听着！”

姆咪特罗尔抓住舵，让木筏向岸边靠去。

“抛出缆绳！”小嗅嗅一边叫嚷，一边迫不及待地跳上

跳下，“真是想不到！多么有趣！你们大老远地到这儿来就是为了看我！”

“呃，确切地说，我们并不是来看你的。”姆咪特罗尔开口说话，爬上了岸。

“没关系，”小嗅嗅答道，“要紧的是你们到了这儿。在这儿过夜，怎么样？”

“我们很乐意，”姆咪特罗尔说，“我们离家以后还没有看见过一个人呢，就好像过了一百年了。这里很荒凉，你为什么住在这里？”

“我是一个流浪者，四处为家，”小嗅嗅回答，“我到处流浪，找到一个我喜欢的地方，我就搭起帐篷，吹我的口琴。”

“你喜欢这地方？”小吸吸奇怪地问，看了看四周的荒凉景象。

“当然喜欢喽，”小嗅嗅说，“瞧瞧那棵黑丝绒般的树，再过去那一片灰色多美丽。再瞧瞧远处的大山，一片深紫红的颜色！有时候还有一头蓝色的大水牛到河里来照照它自己的模样。”

“你是不是碰巧是——呃——是个画家？”姆咪特罗尔有点不好意思地问。

“说不定是个诗人？”小吸吸提出他的看法。

“我什么都是！”小嗅嗅说，把壶放在火上，“你们是发现者，我看得出来。你们想发现什么？”

姆咪特罗尔清了清嗓子，觉得很骄傲。“喔，什么都想发现，”他说，“比如说，星星。”

这可让小嗅嗅真的动了心了。

“星星！”他大声嚷嚷，“这样说来，我一定要跟你们一起去。星星是我最喜欢的东西。我睡觉以前总躺着仰望星星，想知道谁在这些星星上，怎么才能到那儿去。有这些小眼睛闪闪烁烁的，天空看上去很亲切、很友好。”

“我们寻找的那颗星星不很亲切、不很友好，”姆咪特罗尔说，“事实上恰恰相反。”

“你说什么？”小吸吸说。

姆咪特罗尔有点脸红。“我的意思是说，星星一般——”他说，“有大有小，有友好的，也有不友好的，等等。”

“它们会不友好吗？”小嗅嗅问。

“是的——那些带尾巴的不友好，”姆咪特罗尔说，“我说的是彗星。”

小吸吸终于明白过来。“你在对我隐瞒什么！”他责怪说，“那个我们到处看见的图案，你说它没有什么意义！”

“你太小，不能样样事情都告诉你。”姆咪特罗尔回答道。

“太小！”小吸吸尖叫起来，“带我去远征，却又不告诉我要去发现什么，我不得不说您这样做真是太好啦！”

“不要太较真，”小嗅嗅说，“坐下来，姆咪特罗尔，把它的情况详详细细告诉我。”

姆咪特罗尔接过小嗅嗅递给他的一杯咖啡，坐了下来，讲起了麝鼠说过的每一句话。

“后来我问过爸爸，彗星是不是危险，”他继续说，“爸爸说它们很危险。它们像疯子一样，后面拖着一条燃烧的尾巴，在黑沉沉的宇宙里到处横冲直撞。其他所有的星星都按它们的轨道运行，就像火车在铁轨里运行一样。彗星完全不同，它们哪儿都能去。它们从这儿或者那儿冒出来，你根本意想不到。”

“就像我一样，”小嗅嗅哈哈大笑说，“它们一定是天空的流浪者！”

姆咪特罗尔不以为然地看了他一眼。“没什么好笑的，”

他说，“要是彗星撞在地球上，那将是一件可怕的事情。”

“那会发生什么事？”小吸吸小声问。

“什么东西都会爆炸。”姆咪特罗尔沉着脸说。

有好一会儿，他们谁也不出声。

后来小嗅嗅缓缓地说：“要是地球爆炸，那太可怕了。它是那么美丽。”

“那我们怎么办？”小吸吸问。

姆咪特罗尔跟别人共有了这个秘密，反倒觉得自己勇敢多了。他振作起精神来，说道：“这就是我们去找孤独山上的天文台的原因。他们那儿有世界上最大的望远镜。我们能发现彗星会不会撞地球。”

“我们要不要带上我的那面旗子？”小嗅嗅建议道，“我们可以把它挂在木筏的桅杆顶上。”

他们打量他的那面旗子。“顶上的蓝色代表天空，底下的蓝色代表海，它们之间的一条线代表路，左边的一点代表现在的我，右边的一点代表将来的我。你们赞成吗？”

“你的那面旗子上再也画不上什么了，”姆咪特罗尔说，“我们赞成！”

“可我不赞成。”小吸吸说。

“从更高的高度看，左边的一点可以代表我们大家，”小嗅嗅安慰他说，“现在我想，吃午饭以前我们可以去探探险。”

于是，他们就出发了，小心翼翼爬行在岩石和多刺的丛林之间。

“我想带你们去看一个有石榴石的豁口，”小嗅嗅说，“当然，光线不好的时候，石榴石看上去不怎么美丽，可是在阳光下它就灿烂夺目了。”

“它们是真正的宝石——石榴石？”小吸吸问。

“这个我就不知道了，”小嗅嗅回答道，“但不管怎么说，它们很美。”

他领着他们穿过一个荒芜的峡谷。那峡谷在傍晚朦胧的光线下，显得很寂寞、很凄凉。小嗅嗅忽然停了下来。“就是这儿。”他悄悄地说。

他们弯下腰去看。那是一个很深很窄的豁口，底下有无数石榴石在模糊的黑暗中发光。姆咪特罗尔还以为那是成千上万颗彗星在天外黑沉沉的宇宙里闪烁呢。

“喔！”小吸吸小声说，“太妙啦！它们是你的吗？”

“我在这儿的时候是我的，”小嗅嗅漫不经心地说，“我是我所有探测地的君主。我拥有整个地球。”

“你认为我可以拥有一些吗？”小吸吸充满渴望地问，“我可以用它们买一条游艇，或者一双滑轮溜冰鞋。”

小嗅嗅哈哈大笑告诉他，想买什么就买什么。小吸吸马上跳进豁口，开始往下爬。他擦伤了鼻子，也差点找不

到立足的地方。不过一想到石榴石，他的勇气就来了。最后他深深叹了口气，爪子有点抖抖索索，开始收集闪闪发亮的石头。当他激动得浑身发抖，越来越深入那个豁口时，那堆石头也越变越大。

“哈啰！”小嗅嗅在上面叫道，“你还是快点上来吧。天越来越冷了，露水也下来了。”

“一会儿就上来，”小吸吸在下面喊话，“这里还有好多呢……”他继续寻找，因为他看到就在豁口黑洞洞的尽头，有两块红色的石榴石大得出奇，像两只眼睛一样闪闪发光。

突然，他寒毛直竖起来。他终于明白过来，那确实是一对眼睛。那对眼睛一眨一眨越移越近，伴随着带鳞甲的身体冷冷擦过石头的声音。

小吸吸发出一声疯狂的尖叫，接着，沿着他走过的路往回跑。他浑身发抖，吓得爪子冒汗，开始拼命往上爬。他的下面传来咝咝作响的威胁声。

“出了什么事？”姆咪特罗尔听到了小吸吸往上爬的声音，就大声问，“你忙什么呀？”

小吸吸并不回答，只是一个劲儿地往上爬。当他们好不容易把他拉上来时，他已经筋疲力尽瘫倒在地。

姆咪特罗尔和小嗅嗅在豁口边上探出身子往下看，他们看到的东西足以让任何人都吓得魂飞魄散。原来那是一

条巨蜥蹲在一堆闪闪发亮的石榴石上，像是一条凶恶的龙在守卫它美丽的财宝。

“喔，吓死我了！”姆咪特罗尔嘘了一口气。

小吸吸在地上哭起来。

“全都过去了，”小嗅嗅说，“小吸吸，你就别再哭了。”

“石榴石，”小吸吸呻吟道，“我一块也没有拿到。”

小嗅嗅坐在他身边，很诚恳地说：“我知道。当你开始想拥有什么东西的时候，事情就是这样。你瞧，我只是看看它们。当我走的时候，我就把它们带在我的脑袋里。这样的话我的手就总是自由的，因此我没有必要带一个手提包。”

“石榴石可以放在背包里，”小吸吸可怜巴巴地说，“你不必用手拿着。只是，用眼睛看看那完全是另一回事。我要摸到它们，知道它们是我的。”

“别放在心上，小吸吸。我们肯定能找到更多的财宝，”姆咪特罗尔安慰他说，“现在振作起来，开步走吧。天越来越冷了，到处都冒出一股股寒气来。”

他们穿过那个黑沉沉的峡谷，找路回去。他们的心中都藏着一个念头：他们是三个被征服的小动物。

第五章

这一章讲到地下河以及姆咪特罗尔他们被赫木伦所救。

小嗅嗅给远征增添了欢乐。他用口琴吹了许许多多他们从来没有听到过的曲子，那是来自世界各个角落的音乐。他还用纸牌变戏法，教他们做无花果煎饼，把他的那些奇妙的冒险故事说给他们听。那条河似乎也活泼多了，在两边高高的河岸之间流得飞快，绕过大石和卵石，产生强大的旋涡。

一天又一天，那些蓝色、紫色的大山越来越近，显得那么高，有时候山顶都消失在滚滚的厚云之中。

一天早晨，小嗅嗅坐在河边，两只脚荡在水里，他在替自己雕刻一只口哨。“我记得，”他开腔说，头侧在一边，姆咪特罗尔和小吸吸马上竖起了耳朵，“我记得一片有许多温泉的土地。那片土地上布满了温泉，温泉的下面经久不息地传来呼噜呼噜的声音（那是大地睡觉时翻身的声音）。许许多多石头撒得乱七八糟。在这热气腾腾的环境里，一切看上去都那么陌生，那么不真实。我是傍晚到达那里的。我做晚饭不需要花很多时间，我只要在温泉里舀一锅子水就把饭做成了。这里的一切都在冒泡、冒气，我也看不到一样活的东西，就是一片草也看不到。”

“你的脚烧焦了？”小吸吸问。

“我踩着高跷呢，”小嗅嗅回答，“踩在上面感觉很奇妙，要是没有它们，我还真不知道怎么办才好呢。大地一直在沉睡，这时突然醒了过来！随着一阵阵轰隆轰隆、呼噜呼噜的巨响，一个坑就在我的面前裂了开来，喷出火红的火焰和一大团一大团灰尘来。”

Tove

“火山爆发！”姆咪特罗尔气都透不过来了。

“是的，”小嗅嗅说，“那很可怕，不过也很美丽。这时候我看到了火精灵，很多很多，都从大地里涌出来，像火星一样飞来飞去。当然我不得不绕道从火山那儿走过去。那儿很热很热，我拼命地踩着高跷快跑。下山的半路上我碰到一条小山涧，便停下来喝水（要知道那小山涧里的水并没有沸腾）。这时有一个小小的火精灵飘下来，掉在了水里。它差点就要熄灭了，不过还有力气叫我救救它。”

“那你救了吗？”小吸吸问。

“哦，是的，我跟那家伙没有什么过不去的，”小嗅嗅说，“不过你要晓得，我一碰它的身体就烫伤了。嗯，它一到干土上，马上恢复了原样，又开始发出火焰来。它当然很感激我。它飞走以前，给了我一样礼物。”

“什么礼物？”小吸吸十分激动地问。

“一瓶地下的防火油，”小嗅嗅说，“火精灵把它们擦在身上就能直接下到熊熊燃烧的地心里去。”

“那你身上擦了这种油也能穿过熊熊的大火吗？”小吸吸问。因为惊讶的缘故，他的眼睛瞪得大大的。

“当然能行。”小嗅嗅回答道。

“可你为什么以前不说？”姆咪特罗尔叫了起来，“现在我们都可以得救啦。当彗星来到时，我们只要……”

“但是我只剩下一点点了，”小嗅嗅很难过地说，“有一两次我在沙漠里旅行用了。有一次房子着了火，我抢救东西的时候也用了，差不多都用完了。我不知道……瓶里还有几滴。”

“说不定像我这样大小的小动物也还够用？”小吸吸说。

小嗅嗅看了看他。“有这个可能，”他说，“不过不够你尾巴用的，你的尾巴还得烧掉。”

“噢，救命！”小吸吸叫嚷道，“这样的话我宁可什么油也不用。”

但是小嗅嗅没有听他的。他坐在那儿皱着眉头打量那条河。“听，”他说，“你们有没有注意到有什么不同？”

“那河发出了一种新的声音。”小吸吸说。

果然不错，有一种可怕的咆哮声传来，水在乱石林立的两岸间起旋涡，打着转。

“把帆落下来。”小嗅嗅命令道。他到前面去察看。那河流得比以前快多了，就像是一个人长期在外旅行，突然注意到他回家吃饭要迟到了。两边的河岸在靠拢来，把泛

起泡沫的河水挤入一条窄沟。两旁的岩石在他们头上高高耸起，比别处的那些更加陡直。

“是不是到陆地上去会更好些？”小吸吸在一片河水的喧闹声中尖叫道。

“现在已经太迟了，”姆咪特罗尔也尖声回答道，“我们只能继续等下去，等河水平静下来。”

但是它并没有安静下来。它像脱缰的马冲过孤独山。那些湿漉漉的黑色山壁在两旁越靠越拢，头顶的一条天空也越来越窄。

他们前面不知什么地方有一个隆隆的声音威胁着他们。“我们要冲下山去啦！”小嗅嗅大叫道，“抓紧！”

他们全都紧紧抓住桅杆，闭上了眼睛。哗啦一声，紧接着是隆隆的轰鸣和一股股水花……最后是一片寂静。

他们冲过了瀑布。

“啊呀，吓死我了！”姆咪特罗尔惊叹道。

除了一片片淡绿色的泡沫，他们的周围十分黑暗。当他们的眼睛已经习惯黑暗以后，他们才看出来，他们头上的山壁已经完全闭合了起来。他们进入了一个地道里！

那地道在他们前面延伸开去，而且越来越小越来越小。尽管河水安静了下来，但是周围陷入一片可怕的黑暗中，简直就像噩梦一样。

“也许我想得不对头，”姆咪特罗尔说，“我们似乎一直在向地心里落下去，而不是上升到山顶上去。”

他们全都明白这个事实，因此有一会儿他们全都闷坐在那里一声不吭。后来小嗅嗅说：“你们可以把这写成一首诗，写成这样：‘漂在这打漩的水中，远离砖瓦和泥灰。’”

“看见一条美人鱼，没有抓到她。”小吸吸建议道，擤了擤鼻子。

“这不真实，也不合语法，还不押韵。”小嗅嗅说。这个话题他们没有谈下去。

那地道弯了一两次，变得越来越窄，越来越黑，木筏不时撞在石壁上。他们背起了背包，等待着。这时，发生了另一次碰撞，撞断了桅杆。

“小嗅嗅，”姆咪特罗尔声音很小地说，“你明白这是什么意思吧，是不是？”

他们头上的拱顶越来越低，要不就是水上升了。很快水就会灌满这个地道了。

“把桅杆扔出去！”小嗅嗅叫道，把他那面宝贵的旗子抓在手里，“它现在没有用了。”

他们又一声不吭地等待了好长时间。

地道里开始亮了一点，他们能互相分辨出发白的脸。

小吸吸突然大叫：“噢，我的耳朵碰到顶啦！”接着他又狂叫一声，扑倒下来。

“要是我们再也回不了家，”姆咪特罗尔说，“妈妈会怎么说呢？”

正在这时，木筏轰地一下停住了，他们都跌成了一堆。

“我们搁浅了。”小吸吸又尖叫起来。

小嗅嗅在边上探出身子看了看。

“桅杆卡住了我们，”他说，“它横在木筏中间。”

“瞧我们逃过了什么！”姆咪特罗尔声音发抖地说。

就在他们面前，那条河汩汩作响流进一个黑洞不见了，它直接流到地里去了。

“这种探险旅行我已经够了，”小吸吸伤心地说，“我要回家去！看来我们要一辈子坐在这儿玩纸牌啦！”

“你这个傻里傻气的小动物，”小嗅嗅说，“奇迹就快要出现在我们就要得救的时候，你却抱怨个没完。你抬起头来看看那里！”

小吸吸抬头一看，只见他们头上有一个石缝，露出一小角多云的天空。

“哼，我又不是一只鸟，”他还是苦着脸说，“不光是这个，我很小的时候耳朵发过炎，所以我还有头晕症。我怎么可能爬到那上面去？”

小嗅嗅拿出口琴来，吹起了他最最快活的关于冒险的曲子（不是那种不大不小的冒险，而是那种可怕的冒险），吹到了求援的事，吹到了让人感到惊奇的事，也吹到了灿

烂的阳光。姆咪特罗尔也吹起了口哨给叠句作伴奏（他不会唱歌，但口哨吹得很好听）。最后，小吸吸也参加了进来，不时用假嗓子尖叫几声，尽管有些走调，不过听上去也很让人高兴。他们的乐声在地道里回荡，也飘出了顶上的裂缝，吵醒了一个在上面打瞌睡的赫木伦，他的身边放着一只捕捉蝴蝶的网子。

“那是什么声音？”赫木伦吃了一惊，气喘吁吁地说。他瞧了瞧他的罐子，他抓的那些小虫子全都给他关在里边。可是这些虫子不可能发出这种响声来。

那声音是从地下面传出来的。

“这真是奇怪！”赫木伦平躺在地上仔细倾听，“一定是那里面什么罕见的毛毛虫发出来的响声。我得找。”

他伸长了大鼻子呼哧呼哧东爬西爬，终于到了一个地洞前，那里传出来的声音最响。他把鼻子拼命往里伸，但是在黑暗中什么也看不见。然而下面的那伙人看到他的黑影挡住了阳光，他们的乐声顿时变成了拼命的呼喊。

“这些毛毛虫一定是昏了头。”赫木伦自言自语地说，把网子放进了洞里。

姆咪特罗尔他们几个一刻也不耽误，带着他们的东西跳进了网子。赫木伦把这沉沉的一网兜拉到上面抖出来，看到这三个如此古怪的家伙在阳光下眨巴着眼睛，他惊奇得不得了。“真是没有想到啊！”他说。

“太谢谢你啦，”姆咪特罗尔说，他头一个回过神来，“你及时救了我们。”

“我救了你们吗？”赫木伦奇怪地问，“我不是有意救你们的。我是在寻找一些毛毛虫，它们在下面发出古怪的响声来。”（赫木伦想明白一件事的前因后果通常比较慢，不过你要是不惹恼他们，他们也算是很讨人喜欢的。）

“我们现在是在孤独山里吗？”小吸吸问。

“我也搞不清，”赫木伦说，“不过这里有许多有趣的蛾子。”

“我看那一定是孤独山。”小嗅嗅说。他打量着那没完没了的大堆大堆的岩石。它们显得格外荒凉，格外寂寞。那些岩石高高地俯视着四面八方。那里的空气也十分寒冷。

“天文台在哪里？”小吸吸问。

“我们去找找，”姆咪特罗尔说，“我相信，它在最高的山峰上。不过我想先喝点咖啡。”

“咖啡壶在木筏上。”小嗅嗅说。

姆咪特罗尔喜欢喝咖啡，他马上奔到洞边朝下张望。

“噢，我的天哪！”他悲叹道，“木筏漂走了。我看它现在掉进了那个可怕的洞。”

“啊，既然已经这样了，就别去管它了，”小嗅嗅快活地说，“你出来寻找彗星，一个咖啡壶丢失了又有什么关系呢？”

“它们是不是很特别？”赫木伦问，他以为他们还在谈论蛾子的事。

“哦，是的，我想你可以认为它们很特别，”小嗅嗅回答道，“它们一百年才出现一次。”

“不会吧！”赫木伦大叫道，“这么说来，我一定要抓一只。它看上去什么模样？”

“可能是红的，带有一条长长的尾巴。”小嗅嗅回答道。

赫木伦拿出笔记本来，把它记了下来。“那一定是大鼻子香蕉叶斑蛾属，”他一本正经地说，“这种不同寻常的虫以什么为生？”

“以赫木伦为生。”小吸吸说着，咯咯地笑了。

赫木伦脸涨得通红。“小动物，”他板着脸说，“这可不是闹着玩儿的。我要走了，我十分怀疑你的科学知识水平。”他把他的罐子放在口袋里，拿起捕蝴蝶的网子，步子沉重地走了开去。

等赫木伦走远了，小吸吸笑弯了腰。“真有趣！”他终于爆发出哈哈大笑，“那个老家伙还以为我们在谈甲虫之类

的东西呢。”

“对上了年纪的绅士这样不恭敬是不对的。”姆咪特罗尔很严肃地说。不过，他也是费了好大的劲才板起脸来的。

天已经很晚。他们挑了一个最高的山峰，就朝那儿进发了。

第六章

这一章描写的是遇到鹰和寻找天文台的经历。

已经是黄昏很晚的时候了。那些古老的大山高耸入云，它们梦幻般的头顶消失在雾中。峡谷和大山之间缠绕着薄雾，像是一条条冷冷的灰白色的带子。在这盘旋的雾气中会冷不丁现出一个裂缝来，让人再次看到那个彗星吓人的图案，好像不知是谁的手把它刻在了孤零零的石壁上。

就在其中一座山峰之下，可以看到一个针孔般孤独的亮光，再上前仔细看看，才知道那是从一顶小小的黄色丝制帐篷里泄露出来的。从那帐篷里还传来小嗅嗅的口琴声，不过这声音在这荒凉的地方听上去怪怪的。怪不得不远处一头鬣狗昂起了鼻子，用一种最最忧伤的方式连连嚎叫。

帐篷里这伙人中至少有一个吓昏了头。“那是什么？”小吸吸气都透不过来。

“哦，没有什么可担心的，”小嗅嗅向他保证，“听着，我讲个故事怎么样？我跟你们说过吗，几个月以前我遇到过一些斯诺尔克？”

“没有，”姆咪特罗尔很起劲地说，“什么是斯诺尔克？”

“你真的不认识斯诺尔克？”小嗅嗅惊讶地问，“我认为他们一定跟你属于同一个家族，因为他们有同样的模样，除了他们的身体不总是白的。他们可能变成世界上各种颜色（就像一只复活节的蛋），他们心烦的时候颜色会变。”

姆咪特罗尔看样子生气了。“哼！”他说，“我从来没有听说过有这样一个家族。一个真正的姆咪特罗尔总是白的。变颜色？真是的！亏你想得出来！”

“得啦，不管怎么说，那些斯诺尔克确实跟你很相像，”

TOVE

小嗅嗅很平静地说，“有时是淡绿色，有时是紫红色。我那次从监狱里逃出来遇到了他们……不过，说不定你们不想听这个故事？”

“噢，想听！我们很想听。”小吸吸尖声叫了起来，而姆咪特罗尔只是咕哝了一声。

“那好，故事是这样的，”小嗅嗅说开了，“我捡了一个甜瓜想当饭吃。你瞧，整整一大片田里全是甜瓜，我想少一个多一个没有多大关系。我刚想张口去咬，有一个上了年纪的丑八怪从附近的房子里跑出来骂开了。我听了一会儿，就纳闷起来：听那么多脏话是不是对我有好处。我开始在小路上一边走，一边把甜瓜（那个甜瓜很大很沉）滚在我前面。为了不去听那个老家伙说话，我嘴里还吹着口哨。这时他嚷嚷说警察会来抓我。我发出一个轻蔑的响声，表示我根本不怕警察。”

“你的胆子就那么大？”小吸吸小声说，佩服得五体投地。

“说真的，我现在都没弄明白，”小嗅嗅说，“你们听清了，那个丑老头就是警察！他冲进屋里去穿上制服，就出来追赶我。我跑啊跑啊，那甜瓜滚啊滚啊，越来越快，到最后我都分不清哪个是甜瓜，哪个是我了。”

“这就是把你关进监狱的原因？”姆咪特罗尔说，“我看你就是在那儿遇到那些家伙的，你叫他们斯诺尔克，是不是？”

“别插嘴！”小嗅嗅说，“我正要告诉你们，那牢房又冷又可怕，里边有蜘蛛，有老鼠。我在一个没有月亮的夜晚逃了出来。在外面我遇到了斯诺尔克。”

“你是从窗子里爬出来，绳子是用被单做成的？”小吸吸问。

“不，我是用罐头挖洞出来的，”小嗅嗅说，“有两次我挖得太快，一次挖到了守卫背后，一次挖到了监狱大墙里边。不过我又下去，重新挖了起来。第三次我从一片田里爬出来。这回，说来很遗憾，是萝卜地，而不是甜瓜地。斯诺尔克小子跟他的妹妹正在附近一条山涧里用尾巴钓小鲤鱼。”

“我就怎么也不会想到用尾巴去钓鱼，”姆咪特罗尔说，“因为一个人应该尊重自己的尾巴。后来怎么样了？”

“喔，我们一连好几个小时用小鲤鱼和金花酒庆祝我的逃跑成功，”小嗅嗅回答，“那个淡绿色的斯诺尔克小妞真是漂亮。她有一对闪闪发光的蓝眼睛，全身布满了美丽的、软软的绒毛。她会编织草席。你要是肚子痛的话，她还会酿造药酒。她总在耳朵后面戴一朵花，还在脚踝上戴一个小小金镯子。”

“呸！娘儿们！”姆咪特罗尔嘲笑道，“什么破故事。还有什么激动人心的事情发生？”

“难道我从监狱里逃出来还不够激动人心？”小嗅嗅说完，继续吹他的口琴。

姆咪特罗尔鼻子里又哼了一声，这才爬进睡袋，鼻子朝着里边。

可是那天晚上他梦见了斯诺尔克小妞，她果然跟他很相像。他送了她一朵玫瑰，还给她戴在了耳朵后边。

早晨，他坐起来对自己喃喃地说：“瞧我有多傻！”

其余的人已经动手在拆帐篷。小嗅嗅声明他们那天要到达最高峰。

“可你怎么知道天文台在那个山峰上，而不是在别的山峰上？”小吸吸问。他伸长脖子想看看那个山峰，可是没有成功，因为它躲在云层里。

“嗯，”小嗅嗅回答道，“你只要在这里看看地上。地上尽是香烟头，显然是那些漫不经心的科学家从上面窗子里扔下来的。”

“噢，我明白了。”小吸吸说。他的样子看上去有点气馁，要是他自己注意到那些香烟头就好了。

他们登上了一条曲曲弯弯的小径。为了安全起见，他们用一根绳子相互串在一起。

“别忘了我警告过你们，”小吸吸大声说，他走在最后，“要是我们发生什么可怕的事情，可别怪我。”

他们越爬越高，路越爬越陡。

“嚯！”姆咪特罗尔说着抹了抹眉毛，“妈妈说过这里很冷。谢天谢地，那些鳄鱼吃掉了那些羊毛裤，要不穿着怎么爬呀？”

他们停下来看了看下面的山谷，觉得他们在这些荒凉的大山里显得那么渺小，那么孤独。他们看到的唯一有生命的东西就是一只鹰，它展开翅膀正在远处的高空盘旋。

“好大的一只鹰！”小吸吸惊叹道，“我真替它难过，这个地方就它孤零零的一个！”

“但愿什么地方还有一个鹰太太，说不定还有一些鹰娃娃。”小嗅嗅说。

那鹰在他们头上翱翔，转动着它的头和弯弯的大喙，眼里闪着冷冷的光。突然，它抖动着展开的翅膀停在了空中。

“不知道它想干什么？”小吸吸说。

“我不喜欢它的那个样子。”姆咪特罗尔不安地说。

“说不定……”小嗅嗅刚开口，还没有来得及说下去就狂叫起来，“瞧，它冲下来啦！”

他们全都扑向那些岩石，拼命地寻找躲藏的地方。

那鹰扑扇着翅膀向他们猛扑过来。他们魂飞魄散，毫无办法，紧紧地贴在一起，挤进一条石缝。那鹰已经到了他们的头顶上！

那简直像是一阵旋风，巨大的翅膀围着他们疯狂地拍打岩石，但是紧接着又是一片寂静了。

他们浑身发抖，从躲藏的地方张望出去，只见那鹰飞在他们下面，盘旋了大半圈，转眼间向上冲去，消失在山顶之间。

“它没有击中我们觉得难为情了，”小嗅嗅说，“鹰是很骄傲的。它不会再进攻了。”

小吸吸扳着手指数数：“鳄鱼，巨蜥，瀑布，地道，加上老鹰，一共五次可怕的经历。老是这样也开始变得单调乏味了！”

“我们还有最大的冒险在后面呢，”姆咪特罗尔说，“还有彗星呢。”

他们都抬起头来看了看灰色凝重的云。

"但愿我们能看到天空，"他有点不安地说道，"来吧，我们动身！"

到了下午光景，他们已经爬得很高很高，都碰到了云层，这时攀登起来又滑又危险。薄雾湿湿的面纱在他们周围缠绕。他们冷得要死（姆咪特罗尔怀念起羊毛裤来了），被一种可怕的虚无缥缈所包围。

"我一向以为云很柔软，像羊毛一样，裹在里边很舒服，"小吸吸打了个喷嚏说，"哼，我开始有点后悔出来远征了。"

忽然，姆咪特罗尔站住了，一动也不动。

"等等！"他说，"有什么发光的东西，是灯还是钻石？"

“钻石！”小吸吸尖叫起来。他最爱珠宝。

姆咪特罗尔开始往下爬，小吸吸和小嗅嗅在后面用绳子拉着他。“那是一个小小的金镯子。”最后他声明道。

“小心，”小嗅嗅大声说，“它就在悬崖的边上！”

但是姆咪特罗尔没有听。他慢慢地爬到边上，向下探出身子去捡镯子。小嗅嗅和小吸吸紧紧抓住绳子，姆咪特罗尔又爬下去一点，终于够到了那只镯子。

“你看有没有可能是斯诺尔克小妞的？”他问道。

“是的，那是她的，”小嗅嗅叹了口气说，“看来她在悬崖边上掉了下去。这样年轻，还这样美丽。”

姆咪特罗尔难过得说不出话来。他们一路上都很伤心。

雾开始稀薄起来，天也暖和了一点。他们在一块突出的岩石上停下休息，默默地打量着在他们四周盘旋的灰色雾。突然，雾分了开来，滚滚地离去。三个筋疲力尽的旅行者终于看清楚了他们到了哪儿，但是一看下面，他们连呼吸都屏住了！他们的脚下是一片云海，看上去是那么柔软，那么美丽，他们都想踩上去，沉下去，在这片海里跳舞。

“现在我们在云层上面。”小嗅嗅严肃地说。他们转身仰望躲藏了那么久的天空。

“瞧！”小吸吸小声说道。他恐怖万分，原来那天不再是蓝的，而是淡红色的！

“可能那是因为落日的缘故。”小嗅嗅疑惑地说。

但是姆咪特罗尔看上去还是那么严肃，他说：“不，这回是因为彗星的缘故。它就要撞到地球上来了。”

他们上面是一些参差不齐的山峰，顶尖上就耸立着天文台。里边住着许多科学家，孤独地与星星为伍，进行成千上万次了不起的观测，也吸了成千上万根香烟。他们悄悄地一路攀登上去。姆咪特罗尔上前打开了门。里边有一部楼梯，他们走上去来到一个带玻璃屋顶的房间。房间中央有一台巨大的望远镜，它缓慢地旋转着，不停地观测天空，不断发出机器的呜呜声。两个教授在这里忙忙，那里忙忙，紧紧螺丝，推推球柄，做做记录。

姆咪特罗尔很尊敬地咳了一声。“下午好！”他说。但是两个科学家根本没有理会他。

“天气很好！”姆咪特罗尔提高了点嗓门。可还是得不到回答。于是他走上前去，碰了碰一个教授的手臂。

“我们走了几百英里就是为了来看你，先生。”他说。

“什么，你又来了！”那教授叫了起来。

“请原谅，”姆咪特罗尔说，“我以前从来没有来过啊。”

“那就是两个跟你十分相像的家伙，”教授嘟囔着，“一大堆人到这儿来……我们没有时间，一点点时间也没有。这九十三年以来，彗星是最最有趣的东西。好，你想干什么，快说！”

“我只是想知道……那些曾经到过这里的人，”姆咪特罗尔结结巴巴地说，“会不会是一个小小的淡绿色的斯诺尔克小妞……全身毛茸茸的，说不定耳朵后边还戴着一朵花……”

“你的解释一点也不科学，”教授不耐烦地说，“我什么也不知道，只知道有一个讨厌的女性因为丢失了什么小饰物到这里来打搅我。现在你出去，你已经浪费了我四十四秒时间！”

姆咪特罗尔很激动地退了出来。

“嗯？”小吸吸说，“它来了吗？”

“它什么时候掉下来？”小嗅嗅问。

“噢，我压根儿忘了问，”姆咪特罗尔咕哝道，脸都红了，“不过斯诺尔克小妞来……来过这儿。她还活着，没有掉下悬崖去！”

“嗨，我说嘛！”小嗅嗅脱口叫了起来。

“我弄不懂你，”小吸吸说，“我还以为你不喜欢姑娘呢。我去问问。”他一溜小跑到了另一个教授面前。“请问，我能不能在你的望远镜里看一眼？”他很有礼貌地问，“我对彗星很感兴趣，我听到过许多你在这里的伟大发现。”

教授听他这么一说很高兴，把眼镜推到了额头上。“你真的听说过？”他说，“那么你一定要来看看，亲爱的小朋友。”

他调好了望远镜，让小吸吸上前去看。小吸吸起先很害怕。遥远的天空黑乎乎的，一些大星星忽闪忽闪，像是活的一样。远处有什么红的东西在闪烁，像是一只恶毒的眼睛。

“那是彗星吗？”

“对。”教授说。

“可它根本没移动啊，”小吸吸用疑惑的口气说，“我也看不见什么尾巴。”

“尾巴在它背后，”教授解释道，“它正对着地球冲来，这就是为什么你看上去好像它并没有移动。但是你可以看到它一天比一天大。”

“它什么时候到达？”小吸吸问。他十分好奇，通过望远镜打量着那颗红色的小彗星，看得出了神。

“按照我的计算，是十月七日晚上八点四十二分，可能会迟到四秒钟。”教授说。

“到那时会发生什么事？”小吸吸问。

“会发生什么事？”教授惊讶地说，“哦，这个问题我还没有考虑呢。不过你放心，我会非常详细地记录下这件事。”

“请问今天是什么日子？”小吸吸问。

“十月二日，”教授回答道，“正确的时间是六点二十八分。”

“那我看我们一定得走了，”小吸吸说，“真的非常感谢你的帮助。”

他转身面对小嗅嗅和姆咪特罗尔，脸上摆出一副了不起的样子。

“我刚才跟那位教授进行了一次有趣的谈话，”他说，“我们得出结论，十月七日晚上八点四十二分彗星要落下来。可能要迟到四秒钟。”

“那么我们一定要尽快赶回家去，”姆咪特罗尔心事重重地说，“只要我们能够在它到来以前回到妈妈身边，就什么事也不会发生。她知道该怎么办。”

他们离开天文台马上出发长途跋涉回家去。

天越来越黑，天空中那团可怕的红光越来越耀眼，云层不见了，下面远处的山谷里，河像一条窄窄的带子，另外还有一块块的森林。

“我巴不得早点离开这个尽是石头的地方，”小嗅嗅说，“就算是一个诗人，也会有受不了的时候。”

“我真想知道今晚那两个斯诺尔克在什么地方过夜，”姆咪特罗尔说，“我一定要把那个脚镯子还给那个不幸的姑娘。”说罢他飞快地赶起路来，小嗅嗅和小吸吸简直要跟不上了。

第七章

这一章描写了姆咪特罗尔从毒树丛中救出斯诺尔克小妞和彗星出现在天空。

十月三日，黎明很清亮，但是太阳缓缓从群山顶上升起又缓缓滑过红红的天空时，却蒙上了一层奇怪的雾霭。晚上他们并没有搭帐篷过夜，一直在赶路。

小吸吸脚上起了水泡，一直在哼哼。

“啊，那你就用另一只脚走路吧。”小嗅嗅说。他的劝告不大管用，最后小吸吸再也站不起来了。

“哎哟！”他呻吟道，“我觉得头昏眼花。”他躺了下来，不肯再往前走了。

“事情很紧急，”姆咪特罗尔说，“我一定要尽快找到斯诺尔克小妞……”

“我知道，我知道，”小吸吸打断他说，“你的斯诺尔克小妞真不幸。可这跟我没有关系。我的感觉很糟糕，我觉得我快要吐啦。”

“我们等你一会儿，好不好？”小嗅嗅说，“我知道我们现在能干些什么。你们滚过石头吗？”

“没有。”姆咪特罗尔说。

小吸吸找来一大堆大圆石。“你拿一块，”他说，“像这样。你使出最大的力气，把它从悬崖上滚下去。像这样，它就会冲下去，”他喘了口气，“像这样！”

他们两个从悬崖边上瞧下去，看着那块石头带着一阵小石子哗哗地往下掉，轰隆隆的回声在这山和那山间回荡。

“那倒很有趣！”姆咪特罗尔大声叫喊，“让我们再来一下！”他们把另一块很大很大的圆石滚到了边上，它悬乎乎

地停在了那里。

“抬起来，嗬！”小嗅嗅叫道，“抬起来——推！”

那圆石轰隆一声下去了。但是，天哪，姆咪特罗尔来不及止住自己，小吸吸和小嗅嗅还没有明白过来，他已经从边上摔了出去，跟在圆石后面往下掉。

这时，要不是他腰上拴着一根绳子，这个世界上很可能就要少一个姆咪特罗尔了。那绳子往前猛窜，小嗅嗅给拽倒在地。不过，最后他撑住了。这一拽拽得够呛，小嗅嗅觉得他给拽成了两段。

姆咪特罗尔在绳子那头荡来荡去。他身子真够沉的。

小嗅嗅给越拖越靠近悬崖边了。小吸吸在后面，身上的绳子也绷得紧紧的，开始朝前挪动。“停下，停下！”他大声叫喊，“放开我，放开我，我很不好受！”

“要是不抓住绳子，你马上就会更不好受。”小嗅嗅说。

这时，姆咪特罗尔的声音从下面传上来：“帮帮我！把我拉上去！”

小吸吸终于明白了发生的事，他一害怕就忘了难受，他拼命勒往前滑的绳子，在他身上绕了一圈又一圈，还绕在看得见的所有东西上。后来绳头终于给抓住了，小嗅嗅能够把绳往回拉了。

“我说‘拉’你就拉，”他吩咐小吸吸，“不，不，现在‘拉’！”他们使出浑身力气拉，姆咪特罗尔终于出现在悬崖边上了。先是他的耳朵，后来是他的眼睛，接着是他的鼻子尖，再后来是整个鼻子，到最后是他的全身。

“噢，吓死我啦！”他大叫一声，“我没有想到还能再见到你们两个。”

“要不是我的话，你的确是再看不到我们了。”小吸吸沾沾自喜地说。小嗅嗅古怪地看了他一眼，什么也没有说。他们全都坐下来定定神。

“我们真是笨。”姆咪特罗尔突然说。

“你才笨呢。”小吸吸说。

“而且绝对是一种犯罪，”姆咪特罗尔并不理睬，继续

说下去，“我们这样把石头滚下去，很容易打到斯诺尔克小妞的。”

“要是打到了，她早就被打瘪了。”小吸吸无动于衷地说。

姆咪特罗尔忧心忡忡。“哦，我们现在无论如何得赶路了，”他沮丧地说，“忘了彗星，事情就要糟糕。”

于是，他们继续上路。他们的头上，苍白的太阳照耀在淡红色的天空中。

山脚下有一条浅浅的沙子底的清澈山涧在石子间流过，

赫木伦坐在那里，把一双走累的脚伸在水中。他正在一边自言自语，一边叹息。他的旁边放着一本大书，名叫《西半球的蛾子——它们的好处和危害》。

“真是特别！”他喃喃地说，“没有一个是带红色尾巴的。它可能是阿基米德虫，不过那很普通，而且根本就不长尾巴。”他又叹了口气。

正在这时，姆咪特罗尔、小嗅嗅和小吸吸从一块岩石后面冒出来，招呼道：“哈啰！”

“噢，你们吓死我啦！”赫木伦气喘吁吁地说，“又是你们三个。我还以为又来了一场雪崩呢。今天早晨雪崩很可怕。”

“你说什么？”小吸吸问。

“当然是说雪崩，”赫木伦回答，“好不可怕！房子大小的岩石像雹子一样纷纷蹦下来。我最好的玻璃罐也给打碎了，我不得不赶快挪动身子躲避。”

“只怕是我们走路时不小心踢下来几块小石子。”小嗅嗅说，“走山路很容易发生这种事。”

“你的意思是说，是你们制造了这次雪崩？”赫木伦说。

“呃……是……像是那么回事。”小嗅嗅回答。

“我从来就看不起你们，”赫木伦慢吞吞地说，“现在就更看不起了。事实上我不想再跟你们打交道。”他转开身去，在他那双走累的脚上泼点水。小嗅嗅他们不大明白他在说些什么，因此都不吭声。过了一会儿，赫木伦扭头瞅了他们一眼说：“你们还没有走？”

“我们这就走，”姆咪特罗尔说，“不过我觉得我首先有义务问问你，你有没有注意到天空的颜色有点怪？”

“天空的颜色？”赫木伦有点稀里糊涂地问。

“是的，”姆咪特罗尔说，“我说的就是这个。”

“我干吗要去看它？”赫木伦说，“就算看出一点什么名堂来，与我又有什么相干？我懒得去看它。我所关心的是我这条美丽的小山涧差不多要干涸了，要是它再这样子干下去，我就没法洗我的脚了。”

他又转过身去，一会儿咕咕哝哝，一会儿又咆哮连连。

“走吧，”姆咪特罗尔说，“我看最好让他一个人待着。”

地面变软了。那是厚厚一层地衣和苔藓，偶尔可以看见几朵怯生生的白花探头张望。下面是森林，像是黑黑的地毯，看上去已经离得很近。

“我们一定要直奔你们那个鲜花盛开的山谷，”小嗅嗅说，“因为我们必须在彗星到来之前赶到那儿。”

姆咪特罗尔看了看他的罗盘。“我看这个东西出了点毛病，”他说，“它像水面上的蚊子到处乱飞。”

“我想，那是彗星在作怪。”小吸吸说。

“我们现在不得不根据太阳确定方向了，”小嗅嗅说，“不过现在看样子太阳也不大管用了。”

他们下去不多远，遇到了一个小湖，它像是一个石盆沉在底下的深处。湖岸很陡，无法下去游泳。水面以上几英尺的地方有一圈野草和灯芯草，那里更加湿滑。

“真奇怪，”小嗅嗅皱起眉头说，“水落下去那么多，而且落得那么快。”

“底下一定有个洞，”小吸吸说，“水漏到那里边去啦。”

“赫木伦那条山涧的水也落下去了。”姆咪特罗尔说。

小吸吸不安地瞧了瞧放柠檬水的瓶子，不过看上去它还跟以前一样满。

“这我就弄不懂了。”他说。

“别去管它，小吸吸，”姆咪特罗尔说，“说不定你弄不懂反而更好些。走吧！”

就在这时，他们听到一个呼救的声音。

那是从树林里传来的，就在他们头上。他们以最快的速度赶去救人。

“别着急，”小嗅嗅叫嚷道，“我们来啦！”

“你别跑这么快！”小吸吸大口喘气，“啊哟！”他跌倒在地，那根把他们拴在一起的绳子擦着他的鼻子抽了过去。小嗅嗅并没有停下来，那根绳挂在树干上，把他们全都带到树的周围，鼻子碰鼻子全都碰在了一起。

“该死的绳子！”姆咪特罗尔生气地说。

小吸吸吃了一惊。“噢！”他喘着气说，“你骂人了！”

姆咪特罗尔不去理他，用刀子割着绳子，嘟嘟囔囔说

什么那是斯诺尔克小妞在喊救命。这时，他脱出了身，又飞快地撒开他的短腿冲了过去。

紧接着，吓得脸色发青的斯诺尔克小子气喘吁吁地冲了过来（小嗅嗅起先没认出他来，因为他们以前见面的时候，斯诺尔克小子的脸是紫红的）。

“快！”他尖声叫道，“我的妹妹！一个可怕的树丛，要把她吃掉了！”

他们恐怖地发现这件事果然是真的。一种危险的安古斯图腊属毒树丛抓住了斯诺尔克小妞的尾巴，正在把她朝它那边拉过去，而她呢，声音发抖地连连叫喊，拼命地挣扎。

“可恶的树丛！”姆咪特罗尔大叫一声，挥舞着他的折刀（那是一把新的折刀，有开瓶塞的起子和剔除马蹄里小石子用的钻子），把它抡圆了，嘴里还粗声粗气地骂它是“蚯蚓”、“硬毛刷子”和“老鼠尾巴的害虫”等等。那树丛用它所有的黄绿色花一样的眼睛瞪着他，终于放开了斯诺尔克小妞，朝他伸出一条条扭来扭去的胳膊。小嗅嗅他们看到接下来的激烈搏斗，都吓得不敢喘气。

姆咪特罗尔气愤地拍打着尾巴，在周围冲来杀去，他一直在攻击安古斯图腊挥舞的胳膊。

其中一条绿胳膊缠住了姆咪特罗尔的鼻子，旁边的观众发出一阵惊叫。但是紧接着又是胜利的欢呼，原来他一刀砍掉了那条胳膊。下面的战斗更加狂热，那树丛全身发抖，姆咪特罗尔因为愤怒和使劲，脸涨得通红。好长一会儿你什么也看不见，只见胳膊腿和尾巴在飞舞。

斯诺尔克小妞找到了一块大石头，她在战斗中间把它扔了进去。谁知石头打中了姆咪特罗尔的肚子，根本没帮上什么忙。

“噢，天哪！噢，天哪！”斯诺尔克小妞呻吟道，“我杀了他！”

“姑娘就是这个样子！”小吸吸说。

但是姆咪特罗尔并没有死，他站起身来，战斗起来比刚才更拼命。他把安古斯图腊的胳膊一条条砍了下来，直砍到它光剩一个树桩，他才折起他的折刀，说：“呃！这下完事啦！”（小吸吸心底里认为他那个样子有点趾高气扬。）

“喔，你真勇敢！”斯诺尔克小妞轻轻地说。

“哦，这种事情我差不多天天干。”姆咪特罗尔神气活现地说。

“是吗？”小吸吸说，“我怎么从来……”可他没说下去，倒“哎哟”了一声，原来小嗅嗅踩了他一脚。

“什么事？”斯诺尔克小妞吃惊地问。经过死去活来的经历，她有点神经过敏。

“别害怕，”姆咪特罗尔说，“有我在这儿保护你呢。我还有一件小小的礼物送给你。”他把那只金脚镯递了过去。

“噢！”斯诺尔克小妞惊叫一声，快活得脸都红了，“我以为丢了呢。噢，真是想不到！”她马上把脚镯戴上了，扭了扭身子，看看效果如何。

“为了这个镯子，她吵吵了两天，饭都吃不下，”斯诺尔克小子说，“现在你们全都称心如意了，我建议，我们到一个我知道的小小的林中空地去聚聚。我们有比镯子更重要的事情要讨论。”他把他们领到林间空地上。他们围成一圈坐下来，等他开口。

“呃，”姆咪特罗尔说，“我们谈些什么呢？”

“当然谈彗星喽，”斯诺尔克小子回答道，他十分害怕地瞥了红色的天空一眼，“首先我推举我自己做这次聚会的主席和秘书。有反对的意见吗？”没人表示反对，斯诺尔克小子用铅笔在地上拍了三下。斯诺尔克小妞以为他杀死了

一只蚂蚁。

“那是有毒的蚂蚁？”她好奇地问。

“嘘！你在扰乱这次聚会！”她的哥哥说，“它将在十月七日晚上八点四十二分落下来，可能要迟到那么四秒钟。”

“什么？那毒蚂蚁吗？”姆咪特罗尔问，他给刚才的战斗和斯诺尔克小妞的美丽搞得昏头昏脑。

“不，不，是彗星，”斯诺尔克小子不耐烦地说，“我们现在必须问问自己我们该干些什么。”

“我想我们应该尽快赶回家去，”姆咪特罗尔说，“我希望你和你妹妹也跟我们去。”

“我要考虑考虑，”斯诺尔克小子回答，“我们下次聚会再深入讨论这个问题。”

“听着，”小嗅嗅插嘴说，“这件事得马上作出决定。今天已经是十月三日了，而且已经是下午了。我们去姆咪谷的时间只剩下四个整天了。”

“你们住在那儿？”斯诺尔克小妞问。

“姆咪谷，”姆咪特罗尔说，“那是一个奇妙的山谷。就在我们离开以前，我做了一个秋千，小吸吸发现了一个宏伟的山洞，我会带你去……”

“等一下，”斯诺尔克小子说着又拍了拍地，“请不要把话题扯远了。我说，我们有可能在彗星到来以前赶到那里。但如果赶到了，在你们那个山谷里我们能安全吗？”

“到现在为止，那儿一直很安全。”小吸吸说。

“妈妈会想出办法来的，”姆咪特罗尔说，“你一定要去看看我埋珍珠的山洞！”

“珍珠！”斯诺尔克小妞兴奋得叫了起来，“能用珍珠做个脚镯吗？”

“我想能行，”姆咪特罗尔说，“脚镯、鼻环、耳环和订婚戒指都行……”

“这个问题以后讨论，”斯诺尔克小子打断了他们的话，气鼓鼓地把铅笔拍得啪啪响，“现在安静一点！我亲爱的妹妹，世界上有比鼻环重要得多的事情。”

“用珍珠做的就不一样了，”斯诺尔克小妞说，“你又要把你的铅笔芯敲断啦。你们有人想今天晚上吃东西吗？”

“是的，我想吃！”小吸吸叫起来。

“我们把会议延期到明天早晨好了，”斯诺尔克小子叹口气说，“有姑娘在场，就休想有秩序。”

“你不要那么认真嘛，”他的妹妹说着，开始动手把盘子从小篮子里拿出来，“你最好是给我拾些柴火来。另外，我们在姆咪谷的那个山洞里会很安全的，所以你瞎操什么心啊？”

“噢，这是一个多好的主意啊！”姆咪特罗尔嚷道，用钦佩的目光看着她，“你想出这个办法真是聪明。当然啦！彗星来的时候我们可以躲到山洞里去！”

“嗯，不管怎么说，我们还得开个会，”斯诺尔克小子说，“还得组织一个工作组。”

“是的，是的，”他的妹妹不耐烦地说，“柴火怎么办？还有小吸吸，你到沼泽里去打点水来，行不行？”

小吸吸和斯诺尔克小子都去了，斯诺尔克小妞准备开饭。“姆咪特罗尔，你是不是去采点花来？饭桌上应该是有花的。”她说。

“你喜欢什么颜色的花？”他问道。

斯诺尔克小妞看了看自己，只见自己还是粉红色的（姆咪特罗尔把镯子还给他时，她就是那个颜色了）。“嗯，我觉得蓝花最最适合我了。”她这样一说，姆咪特罗尔就一溜小跑去找蓝花了。

“我干些什么呢？”小嗅嗅问。

“请你给我吹点什么曲子！”斯诺尔克小妞说。

小嗅嗅拿出口琴，吹了一个关于蓝色地平线的曲子。

过了好一会儿，斯诺尔克小子才带着柴火回来。“啊，你总算回来啦。”他妹妹说。

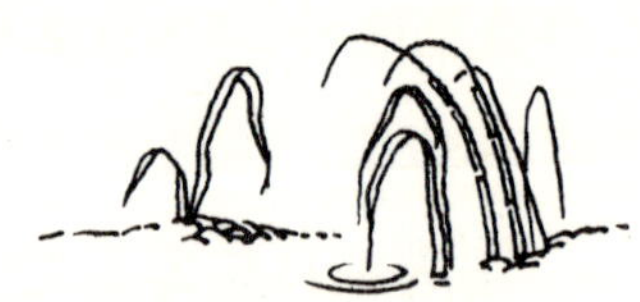

“那是很花时间的，”斯诺尔克小子说，“因为我必须找一些长短一样的柴火。”

“他总是那么吹毛求疵吗？”小嗅嗅问。

“他生来就这样，”斯诺尔克小妞说，“小吸吸打来的水呢？”

但是小吸吸没有打到水。沼泽已经干了，光剩下底部一点泥浆，而且所有的水百合都已经枯死。他在树林里往前走，发现了一条山涧，可那山涧也干涸了。这种情况非常特殊。最后，小吸吸只得垂头丧气地空手而归。

“我看世界上所有的水源全都干涸了。”他说。

“我们一定得讨论讨论这个问题。”斯诺尔克小子说。但是他的妹妹有更好的主意。“小吸吸，你不是有一瓶柠檬水吗？”她问。他拿出瓶子来，她就把瓶子里的柠檬水全倒在锅子里，再加上一些浆果，这样就煮成了最最神奇的水果汤——你肯定想象不到。

“我们要操心的不光是汤这样的东西。”斯诺尔克小子心事重重地说，“为什么所有的水源全都干涸了？这里边一定有原因。”

“那可能是因为太阳太热吧。”小嗅嗅说。

“要不就是因为彗星的缘故。”小吸吸说。大家都抬起头来看天空。天这时候已经成了一片暗红色，但是就在树顶上，有样东西在闪光。那是一个红红的“火”星，像是远远的星星。它并不移动，不过看上去它很热，正在燃烧，发出闪闪的火光。

斯诺尔克小妞打了一个寒战，朝火堆那儿靠了靠。“噢，天哪，”她说，“它看上去不太友好。”于是她身上的颜色慢慢从粉红色变成了紫红色。

当他们坐着看彗星的时候，姆咪特罗尔带着一束蓝花呼哧呼哧回来了。“找到它们可不容易。”他说。

“多谢了。”斯诺尔克小妞说，“不过说真的，我应该请你找黄花才是——你瞧，我身体的颜色又变了！”

“喔，我的天！”姆咪特罗尔伤心地说，“要不要我给你另外找一些？”这时他也瞥见了树顶闪闪发光的彗星。

“不，不，你不要费心啦。”斯诺尔克小妞回答，“不过请你握住我的爪子！我很害怕！”

“你千万别害怕，”姆咪特罗尔安慰她说，“我们知道这四天里它不会撞地球，而当它落下来的时候我们应该到家了，躲进了山洞。我们来喝你那了不起的汤，然后去睡觉。”

斯诺尔克小妞把汤舀出来。他们喝完了就全都蜷缩在草席上，那是她用草编织成的。

那堆火慢慢地熄灭了。静悄悄、黑乎乎的树林上空，彗星发着红光，预示着凶兆。

第八章

这一章描写了乡村小店和林中晚会。

第二天整整一天他们都在穿越树林，直奔姆咪谷方向行进。小嗅嗅走在前面，吹着口琴给他们鼓劲。大约到下午五点钟，他们来到一条小路，路边有一块很大的布告牌，上面还画着一个箭头，写着：

今晚舞会！

请走此路！

乡村小店！

“噢，我要跳舞！我们不能跳跳舞吗？”斯诺尔克小妞拍着爪子叫嚷道，“我已经好几百年没有跳舞了。”

“我们现在没有时间干这种事。”斯诺尔克小子说。

“说不定我们能在乡村小店里买一些柠檬水，”小吸吸说，“我渴得要死。”

“好在小店正好在我们的路上。”姆咪特罗尔说。

“我们经过的时候可以到舞会上看一眼。”小嗅嗅建议道。

斯诺尔克小子叹了口气：“你们一个个都这样，真拿你们没有办法。”他说这话的时候一副听天由命的样子。

这真是一条古怪的小路，这里弯弯，那里绕绕，有时候朝几个不同的方向直冲出去，有时候纯粹为了自己高兴高兴，就兜一个圈，打一个结。（在这样的路上你不会感到疲倦，不过我不能肯定最后它是不是能让你早点回家。）

小嗅嗅削了一根旗杆，把他那面宝贵的旗子再一次举

起来。小嗅嗅吹口琴的时候，小吸吸扛着那面旗子。斯诺尔克小妞在树木之间跳来跳去，采跟她相配的花——看她当时碰巧是什么心情，什么颜色，然后把它们戴在耳朵后面。

“多跟我说说你们那个山谷的情况吧。”她对姆咪特罗尔说。

“它是世界上最最神奇的山谷，”他回答，“有长梨子的蓝树，有从早唱到晚的唠叨雀，还有许许多多银色的白杨树，爬起来那才叫带劲。我想挑一棵白杨树为我自己造一个巢屋。还有，到了晚上，月亮照在河里，那河叮叮咚咚流过岩石，发出碎玻璃的声音。爸爸造了一顶桥，够让一辆手推车推过去。”

“你有必要说得这么诗意吗？”小吸吸说，“我们在山谷里的时候，你却总是说其他的地方怎么怎么好。”

“那时候情形不同嘛。”姆咪特罗尔说。

“那倒是真的，”小嗅嗅说，“我们都是这个样子。我们一定要经过长途旅行，才能真正发现家乡是多么可爱。”

“那你的家乡在哪里呢？”斯诺尔克小妞问。

“哪儿都不是，”小嗅嗅有点伤心地说，“也可能到处都是。关键是要看你如何看待这个问题。”

“你没有一个母亲吗？”姆咪特罗尔问，一副很替他难过的样子。

“我不知道，”小嗅嗅说，“他们跟我说，我是在一只篮子里捡到的。”

“像摩西一样。”小吸吸说。

“我喜欢摩西的故事，”斯诺尔克小子说，“不过我认为他母亲可以找到更好的方法把他留下来。你们认为对不对？鳄鱼很可能会把他吃掉的。”

“它们差点就把我们吃掉了。”小吸吸说。

“摩西的母亲把他藏在一个有气孔的箱子里，”斯诺尔克小妞说，“这样鳄鱼就没法伤害他了。”

“有一次我们尝试用一个气管做一个潜水衣的头盔，”小吸吸说，“可是我们怎么也无法让它不透水。有一次姆咪特罗尔潜水吃了几口水，差点没呛死。这不是很有趣吗？”

“噢！”斯诺尔克小妞惊恐地叫道，“我认为当时一定很可怕。”

就在他们一边走路一边聊天的时候，他们突然看到了乡村小店。小吸吸一声大叫，在头上挥舞着旗子。他们全都激动万分匆匆赶去。

它真是一个挺不错的乡村小店。花园里你想得到的花应有尽有，而且一排排种得整整齐齐。那房子是白色的，屋顶上种了草。房子前面有样东西像是日晷，不过并不告诉你时间，却放着一个像镜子一样的银球，在它上面可以照出房子和花园来。

那里有招牌，还有肥皂、牙膏和口香糖的招贴画，窗下种着黄的和绿的大南瓜。

姆咪特罗尔走上台阶去开门，他的头上有一只叮当作响的小铃。除了斯诺尔克小妞，他们全都鱼贯而入，而她留在外面，在银球里欣赏自己。柜台旁边坐着一位老太太，有一对明亮的老鼠眼睛和一头白发。

“啊哈！”她说，“来了那么多孩子。亲爱的，我能为你们做些什么吗？”

“请拿几瓶柠檬水，太太，”小吸吸说，“要是你有，最好拿绿颜色的。”

“你有没有行距一英寸的练习本？”斯诺尔克小子问。他打算把彗星撞地球的每一件应该记下的事情全都写下来。

“当然有，”那老太太说，“你要蓝面的吗？”

“哦，我宁可要别的颜色。”斯诺尔克小子说，因为蓝面练习本使他想起学校来。

“我很需要一条新裤子，”小嗅嗅说，“不过没有必要太新。我喜欢裤子贴身一点。”

“对，那当然，”老太太说着爬上梯子，从屋顶上叉下一条裤子来，“这条怎么样？”

“可是这条新得出奇，也干净得出奇，”小嗅嗅很为难地说，“你有没有更旧一点的？”

那老太太想了一会儿。“那是我存货中最旧的一条。到了明天还要旧一些。可能也有点脏。”她又添上一句，在眼镜上面看了小嗅嗅一眼。

“哦，那好吧，”他说，“我想到转角上去试穿一下。我很怀疑它是不是贴身。”他进了花园不见了人影。

“呃，亲爱的，你要些什么？”老太太转向姆咪特罗尔说。而他呢，扭扭捏捏羞羞答答说：“你有没有像钻石冠状头饰那样的东西？”

“钻石冠状头饰？”老太太惊讶地问，“你要那东西干什么？”

“当然他要把它送给斯诺尔克小妞喽，”小吸吸坐在地上，用吸管喝着绿色的柠檬水，叽叽喳喳地说，“自从他遇到那个姑娘以后，他的精神就有点不大对头了。”

“送珠宝给一个姑娘决不是什么精神不大对头，”老太太板起脸说，“你太年轻，不懂这些事情。事实上送珠宝给一位小姐那是最最正确的选择。”

“哦。”小吸吸经她这么一说，鼻子就埋到柠檬水里去了。

老太太找遍了所有的架子，但是没有冠状头饰。

“会不会在柜台下面？”姆咪特罗尔提醒她。

那老太太又看了看。“不，”她很遗憾地说，“那里也没有。既然没有冠状头饰，可不可以用一副斯诺尔克连指小手套来代替？”

“我有点吃不准……”姆咪特罗尔说。他看上去很局促。

这时候门铃丁零丁零响了起来，斯诺尔克小妞进了小店。

“下午好，”她说，“你们在外面花园里有一面多漂亮的镜子！自从我丢了手袋里的镜子，就不得不在水坑里照我的脸，可水坑里照出来的脸怪得很。”

老太太朝姆咪特罗尔眨眨眼。她从架子上拿下一样东西，在柜子底下递给他。姆咪特罗尔往下一看，原来是一面小小的圆镜，镶银边，背面有嵌红宝石的玫瑰。他很开心，也朝老太太眨了眨眼。斯诺尔克小妞一点也没有注意到。

“你有没有奖章，太太？”她问道。

“你说什么，亲爱的？”老太太反问。

“奖章，”斯诺尔克小妞说，“就是挂在胸口的星星。绅士们都喜欢这种东西。”

“喔，喔，当然，”老太太说，“奖章。”她找遍了所有的地方，架子上，柜子里都找过了。

“一个都没有？”一滴眼泪已经开始痒痒地淌下她的鼻子。

那老太太看上去很难过。突然，她产生了一个念头。她爬上梯子，爬到最高一层架子上，那里有一盒子圣诞的装饰品。她在其中找到一颗很大的银星。

“瞧！”她高声嚷道，把它高高举起，“这里有一枚你要的奖章。”

“噢，多漂亮啊！”斯诺尔克小妞也叫了起来。接着她转向姆咪特罗尔，羞答答地说：“这送给你，姆咪特罗尔，因为你从毒树丛里把我救了出来。”

姆咪特罗尔兴奋得不知道怎么办才好。他跪了下来，

斯诺尔克小妞把那颗星别在他的肚子上。（姆咪特罗尔的鼻子遮住了他的胸部，因此你无法把它别在胸部。）它在肚子上闪闪发亮，光彩照人。

“你真该看看，你看上去有多么神气。”斯诺尔克小妞说。听她这么一说，姆咪特罗尔拿出了一直藏在背后的镜子。“我给你买了这个，”他说，“让我看看你在镜子里有多漂亮！”

就在他们一边照镜子，一边“噢噢”惊叹的时候，门铃又丁零丁零响了起来。小嗅嗅走了进来。

“这条裤子要是这儿再旧一点那就好了，”他说，“这个地方不大贴身。”

“喔，天哪，”老太太说，“多么遗憾！不过说不定你还想要一顶新帽子？”

没想到，这个建议竟然使小嗅嗅十分恐慌。他把他的那顶旧绿帽赶紧一直拉到耳朵上，说：“谢谢你。不过我刚刚想到，给自己随身带一大堆东西，那是一件很危险的事情。”

斯诺尔克小子一直坐在那儿往练习本上写东西。这时他站起来，说：“有一件事情你们要记得，在你们逃避彗星的时候，别在乡村小店逗留太久。因此，我建议继续我们的旅行。快点喝完你的柠檬水，小吸吸。”

小吸吸想大口大口喝，于是接下来发生的事就可想而知了，一多半柠檬水洒到了地上。

“他老是干这种事，”姆咪特罗尔说，“我们走吧？”

“请问一共多少钱？”斯诺尔克小子问老太太。她开始计算起来。正在这时，姆咪特罗尔突然想起来，他们根本没有带钱。除了小嗅嗅，他们甚至连个皮夹都没有，而小嗅嗅的皮夹也往往是空的。姆咪特罗尔用肘部轻轻地推了他一下，竖了竖眉毛表示绝望。斯诺尔克小子也和他妹妹惊恐地互相打量。他们全都连一个便士都没有！

“练习本一又四分之三便士，柠檬水三便士，”老太太说，“那颗星五便士，镜子十一便士，因为它背面有真正的红宝石。一共是一先令八又四分之三便士。”

谁也不吭声。斯诺尔克小妞拿起镜子叹口气放在柜台上。姆咪特罗尔在取下他的奖章。斯诺尔克小子不知道练习本上写了字以后还值多少钱。小吸吸在想他的柠檬水，那多半都洒在地上了呀。

那老太太轻轻地咳了一声。

“嗯，听我说，孩子们，”她说，“这里有一条小嗅嗅不要的裤子，它刚刚值一先令八便士，所以一条裤子就抵消了所有的东西，你们其实并不欠我什么。”

“这是真的吗？”姆咪特罗尔怀疑地问。

“这像大白天一样一清二楚，姆咪特罗尔，”老太太说，“这条裤子我还存着。”

斯诺尔克小子想心算，可是他算不出来，因此他在练习本上这样写道：

(12 便士等于 1 先令)

	先令	便士
练习本		1
柠檬水		3
奖章		5
镜子（带有红宝石）		11
总计	1	8
裤子	1	8

1 先令 8 便士＝1 先令 8 便士

找头 3/4 便士

“真的完全正确。”他惊奇地说。

“但是还有四分之三便士的找头。”小吸吸说。

“不要那么小气嘛，”小嗅嗅说，“我们就算谁也不欠谁的了。”

他们谢了那个老太太。他们就要走的时候，斯诺尔克小妞想到了一件事情。“能不能请你告诉我们今天晚上什么地方举行舞会？”她问道。

“啊，”老太太说，“沿着这条小路一直走，你们就会到达那儿。只是，月亮不升起来舞会就不会开始。”

他们离开了乡村小店。走了一段路，姆咪特罗尔停下来，拍拍脑门。“那个彗星！”他叫道，“我们一定得给那个老太太一个警告，是不是？也许她愿意跟我们一起走，躲到山洞里去。小吸吸，你是不是回去问问她？”

小吸吸小跑步前去。他们坐在小路边等他。

“你会不会跳桑巴舞？”斯诺尔克小妞问姆咪特罗尔。

“会一点点，”他答道，“不过我最喜欢华尔兹。”

“今天晚上我们多半没有时间跳舞，”斯诺尔克小子说，“你们看看天空。”

他们都抬头看了看。

“它又大了，”小嗅嗅说，“昨天它只有针头那么大，现在像一个蛋那样大了。”

“我相信你一定会跳探戈，”斯诺尔克小妞继续说，“往旁边一小步，然后往后两大步。”

“听上去挺容易。”姆咪特罗尔说。

“妹妹，”斯诺尔克小子说，“你脑子里从来没有一个正经的念头。你能不能不打岔？”

“我们刚开始谈跳舞的事，”斯诺尔克小妞说，“你突然插进来说起了彗星。我还要继续谈跳舞的事。”

于是，他们两个开始慢慢改变身体的颜色。幸亏小吸吸刚好在这个时候奔了回来。“她不想跟我们走，”他说，“到时候她准备爬到地窖里去。不过她很感激我们，送我们一人一根棒棒糖。”

“这倒真是难得。会不会是你要来的？”姆咪特罗尔怀疑地问。

“可恶，可恶！”小吸吸轻蔑地嚷了起来，“亏你想得出来！她认为那是我们应得的，因为她欠我们四分之三便士。再说，这毕竟是事实。”

于是，他们一边吃着棒棒糖一边赶路。那时太阳已经沉到树林后面去了，树林也已经裹上一层灰色的雾。

月亮升起来了，看上去绿幽幽的有点苍白。那彗星的闪光却比以前更亮了。它现在差不多跟太阳一样大小，用它那怪怪的红光照亮了整个树林。

他们发现舞池就设在一片小小的林中空地上，周围有成千上万发光的虫子好意地为它张灯结彩。舞池附近坐着一只巨大的蚱蜢，手里拿着一大杯啤酒，旁边的草地上放着一把提琴。

“啃！”他说，“拉个不停那是很热的。”

“你在替谁拉呀？”斯诺尔克小妞问，看了看空荡荡的舞池。

“哦，为附近森林里的家伙呀，”蚱蜢挥了一下胳膊，又喝了一口，“不过那些傻里傻气的小家伙还不满意。他们说我的音乐不够现代化。”

这时他们才明白过来，这个地方挤满了各种各样奇奇怪怪的小家伙。甚至水鬼也从干涸的沼泽里出来了，那边还有森林怪和一大群树精灵坐在白桦树下聊天。（树精灵是一种很美丽的小家伙，住在树干里，晚上飞到树顶上，在树枝间荡秋千，在针叶树里不常见到她。）

斯诺尔克小妞拿起镜子照照，看她耳朵后面的花有没

有戴好。姆咪特罗尔也正了正他的奖章。他们已经好长时间没有参加真正的舞会了。

“我不想跟蚱蜢过不去，”小嗅嗅轻轻地说，“不过你看，我为他们吹吹口琴怎么样？”

“那你们为什么不合奏呢？”斯诺尔克小子建议道，“把你那个曲子《所有的小动物都应该在尾巴上扎上蝴蝶结》教给他。”

“这倒是个好主意。”小嗅嗅说。他把蚱蜢带到树丛后面（这回不是毒树丛），教他演奏那个曲子。

过一会儿，传来了几个音符，接着就响起了提琴声和口琴声。所有的小家伙全都进入舞池听着。“这个曲子听上去很时髦，”他们说，“你们可以合着这个曲子跳舞啦。”

“喔，妈妈，”一个很小很小的小家伙指着姆咪特罗尔大呼小叫地说，“那边有一个将军！”这下他们把那几个旅行家团团围住了，惊叫声和赞美声不绝于耳。

“啊呀，你毛茸茸的多漂亮！”他们对斯诺尔克小妞说。树精灵们抢着照背面有红宝石的镜子，水鬼们在斯诺尔克小子的练习本上签下了湿漉漉的名字。

这时，树丛后面传来了音乐声，小嗅嗅和蚱蜢一边拼

命地演奏，一边从那里跳出来。

起先，所有的人都想找对子，舞池里顿时乱成一团。不过，最后终于人人都找到了合适的舞伴，跳起舞来。

斯诺尔克小妞教姆咪特罗尔跳桑巴（你要是有两条很短的短腿，跳这个舞可一点也不容易）。斯诺尔克小子跟一个年纪最大、最受尊敬的沼泽居民跳舞。她的头发里戴着许多海藻。小吸吸跟一个最小最小的小家伙在转着圈。甚至蚊子也跳起舞来，各种各样的爬虫也从森林里出来看热闹。

谁都没有去想彗星正在向他们冲来，用它红红的凶光照亮了黑夜。

到十二点光景，一大桶棕榈酒滚了出来，人人都得到一个小小的白桦树皮做的杯子用来喝酒。这时，林间空地中央，那些发光的虫子聚拢来滚成一个大球，为他们照明。大伙团团围坐下来喝酒吃三明治（这也是早就供应到他们手里的）。

“现在我们该讲故事啦，”小吸吸转过身去对最小最小的小家伙说，“你是不是讲一个，小不点？”

“噢，不，真的，”小不点小声地说，她难为情得要死，“噢，不，真是的，噢不。”

“嗯，你就讲一个吧。”小吸吸说。

“有一个木头老鼠名叫波特。”小不点说，害羞得用爪子挡住了脸，光露出两只眼睛。

“呃，后来呢？”小吸吸鼓励她说。

“故事到这儿就结束了。”小不点说着慌里慌张钻进了苔藓。

他们全都哈哈大笑，那些有尾巴的全都拍打地皮表示赞美。这时，姆咪特罗尔请小嗅嗅吹一首曲子。

“我们就吹那首《野草荆棘不到头》吧。”他说。

“那首曲子太悲伤了。”斯诺尔克小妞表示反对。

“哦，还是听听吧，”姆咪特罗尔说，“因为那是一首很好的口哨曲。”因此小嗅嗅就吹了起来，人人都参加进来唱叠句的部分：

野草荆棘不到头，
小路曲曲又弯弯，
时间又到日落西，
筋疲力尽苦难言，
小脚沉沉千斤重。
敲不开一扇门，
看不到一张笑脸。

斯诺尔克小妞把头靠在姆咪特罗尔的肩膀上。“这就跟我们的遭遇一样，”她啜泣道，“我们的小脚走得差一点累死，可还是到不了家。”

“不，我们会到家的，”姆咪特罗尔说，“不要哭。我们到了那里，妈妈会早就准备好了饭，她会把我们抱在怀里。你想想，要是我们把发生的一切全都告诉她，那该多么有趣呀！”

“我该有一只珍珠脚镯，”斯诺尔克小妞擦干眼泪说，“给你一个珍珠的领带扣怎么样？”

“好的，”姆咪特罗尔说，“那一定很漂亮。不过我还从来没有打过领带呢。”斯诺尔克小妞想不出如何回答，因此他们停止了谈话，静静地听小嗅嗅吹口琴。他吹了一曲又一曲，吹到后来，所有的小动物和水鬼都渐渐退到森林里去了。树精灵爬进了他们的树，斯诺尔克小妞也爪子里拿着镜子睡着了。

最后，曲子吹完了，林间空地一片寂静。发光的虫一个又一个飞走了，黑夜在非常缓慢地爬向黎明。

第九章

这一章描写横越干涸大海的壮举和斯诺尔克小妞如何从巨大的章鱼口里救出姆咪特罗尔。

十月五日，小鸟停止了唱歌。太阳灰蒙蒙的，几乎都看不见了。彗星挂在树林的上空，像是一个大车轮，周围是一圈熊熊燃烧的火。

小嗅嗅那天没吹口琴。他很安静，独自在想着心事。

有好长时间我没有这样感到沮丧了。当一个愉快的晚会散去时，我往往有点伤感，不过那完全是两码事。太阳看不见，森林沉寂下来，那才可怕。

其他的人也很少说话。小吸吸得了头痛症，叽里咕噜地跟自己说话。跳舞跳得太多，他们的脚都累了，因此行进速度也慢了下来。

树木渐渐稀少，景色也慢慢改变，他们前面是一片荒凉的沙丘；除了软软的沙子堆成的小丘和这里那里一簇簇灰蓝色的海燕麦，什么都没有。

“我闻不到海的味道，”姆咪特罗尔嗅着说，“嗬，真热！”

“或许这是沙漠。”小吸吸说。

他们走啊走啊，上了一个小山，又下了另一个小山。在软软的沙子上行走，脚步越来越沉重。

“瞧！”斯诺尔克小子突然说，“哈蒂法特纳又在朝前移动了。”果然，远处有一行上下起伏的小小身影。

“它们在往东走，”斯诺尔克小子说，“我们最好跟着它们，因为它们往往知道危险在哪儿，总有办法躲避开去。”

“可是我们必须走这条路，”姆咪特罗尔说，“山谷在西边。”

“我渴死啦。”小吸吸哀叫道。

可是谁也不回答。

尽管他们很累、很气馁，他们还是在挣扎向前。前面的沙丘渐渐变得越来越平坦。接着，他们在一排红光下闪烁的海藻前停了下来，前面是一片卵石的滩地，再往前……他们站成一排，凝视着前方。

“哎哟，吓死我啦！”姆咪特罗尔说。

那里原来应该是一片大海，有柔软的蓝蓝的波浪，有

亲切的船帆，可如今成了一个张大嘴巴打呵欠的深渊。

热蒸气从这些大裂口深处升起，顺着裂口似乎可以下到地球的正中心，他们下面的绝壁就一直在向下延伸。

“姆咪特罗尔！”斯诺尔克小妞喘着气说，“整个大海都干涸了。”

“那些鱼不知道怎么样了？”小吸吸大声叹息道。

斯诺尔克小子拿出练习本，在开列的标题上加上几笔：“在彗星临近时遭遇危险。”而小嗅嗅坐了下来，把头埋在双手里悲叹道：“噢，天哪，天哪，美丽的大海全完啦。再也没有航行，再也没有游泳，再也没有钓鱼。没有大风大浪，没有透明的冰，没有闪烁的黑水映照天上的星星。完了，失去了，不会回来了！”他把头顶在膝盖上，哭得心都碎了。

“可是，小嗅嗅，”姆咪特罗尔用责备的口吻说，“你一向是那样逍遥自在，看到你这样失望真是吓人。”

“我知道，”小嗅嗅说，“可我一向爱海，胜过一切。眼前这一切多叫人伤心。”

“特别是那些鱼。”小吸吸叽叽喳喳。

“看来最最要紧的是，”斯诺尔克小子说，“我们如何越过这个巨大的缺口，因为我们没有时间绕过去。”

“对，绝对没有时间。”姆咪特罗尔急忙同意。

“让我们开个会，”斯诺尔克小子说，“我来当主席。现在我们说说，有没有可供选择的办法越过干涸的大海去？”

“飞过去。”小吸吸说。

“别傻啦，”斯诺尔克小子说，“建议否定。一致同意。还有呢？”

“步行过去。”姆咪特罗尔建议道。

“你真笨，”斯诺尔克小子说，“我们不是从这些大裂口里跌下去，就是陷在泥泞里。建议否定。”

“那你自己提提建议看！”姆咪特罗尔生气地说。

这时小嗅嗅抬起了头。“我知道了，”他叫道，“踩高跷！”

“踩高跷？”斯诺尔克小子说，“建议否——”

“等一等，”小嗅嗅叫道，“听着，你们记得吗，我在泉水都沸腾的地方是怎么使用高跷的？跨一步我差不多能越过任何东西。速度也快得多。”

“但是踩高跷是不是非常困难？”斯诺尔克小妞问。

“你们可以在这片滩地上试试看，”小嗅嗅回答，“现在唯一的问题是找高跷。”

所以他们分头出发去找高跷。要找到它也不是一件容易的事情。

斯诺尔克小子面对这个问题最最理智。他想：高跷是长长的杆子。什么是杆子？它们是树干。哪儿有树？在树林里……所以他冒着热气，走了一段长长的路，回到树林边上，找到了两株细细的小枞树（枞树里没有树精灵）。

姆咪特罗尔和斯诺尔克小妞一起去找。他们一路上谈着姆咪谷和山洞，很快完全忘了找高跷的事。

“我爸爸造了一座很了不起的桥，”姆咪特罗尔说，已经第三次提起那座桥了，“不过多半他在写一本叫《姆咪爸爸的回忆录》的书。他把他一生中做过的事情全都写下来，他做过的别的事情也都写下来。”

“那他肯定没有时间做很多事情吧？”斯诺尔克小妞问。

“喔，那是，”姆咪特罗尔说，“他要时时确定他所做的事情是不是有东西好让他写。”

“跟我说说你们遇到的那次可怕的洪水。”斯诺尔克小妞说。

“哦，是的，可怕极啦！”姆咪特罗尔说，“那水一个劲儿地升啊升啊，升到后来，妈妈、小吸吸跟我只能站在一个小小的土墩上，连尾巴都没处放。”

“嗬！”斯诺尔克小妞说，“那水有多高？”

“有我五个身子那么高，可能还要高些，”姆咪特罗尔说，“差不多有那边那根柱子那么高。”

“你看看！”斯诺尔克小妞惊叹道。他们一边继续游荡，一边继续想洪水的事。

过了一会儿，小姆咪矮子停下来，问：“我刚才有没有说过‘你那边那根柱子那么高’？”

“对啊，怎么啦？”斯诺尔克小妞问。

“因为我这才想起我们是在寻找杆子，”姆咪特罗尔回答，“我们得回去把它带回去。”

他们一路很艰难地走回那片滩地，才重新找到那根柱子。它很长，漆成红白相间的颜色。

“那是海上礁石的标志柱子，”姆咪特罗尔说，“这边插一根，那边插一根。”

他们到的地方在大海干涸以前是一个小海湾。海滩上乱丢着船的残骸，一堆堆漂来的木头、桦树皮和海藻。斯诺尔克小妞找到了桅杆顶上的顶球，但是它太大了没法带回去。她又找了个带有镀金塞子的瓶子来代替，那瓶子是从墨西哥一路漂过来的。过不多久，他们又碰到一块裂成两半的长木板，做第二副高跷很合适。

他们对自己的成绩很满意，开始往回走。他们发现其余的人已经练习开了。小嗅嗅在一根钓鱼竿和一根跳杆上很得意地示范，小吸吸在一根拖把柄和一根头上还挂着旗子的旗杆上练习保持平衡。

“你们真该看看我一分钟以前的表现。”他嚷嚷道，可是马上就摔了个鼻子碰地。

“你应该这样子踩，”斯诺尔克小子说着，爬过了一片沙岸，“这真像是穿上了七里靴！”

他们把斯诺尔克小妞举上了高跷，她却吓得连连告饶。可过了一会儿，她就踩得比谁都好了。她大摇大摆，那神气让你以为她一辈子都是踩在高跷上的。

他们就这样保持平衡，又摇摇晃晃、跌跌摔摔了一个小时左右。小嗅嗅说：“我看现在已经够好的了，让我们出发吧。”

他们一个接一个把高跷架在胳肢窝下面，爬下最最湿滑难走的小路到深渊那儿去。

海滩上是一片让人十分丧气的景象。过去海藻在清澈的绿水中摇曳生姿，多么美丽，如今全都黑黑的、瘪瘪的。那些鱼更是可怜，在半干半湿的池塘里半死不活地挣扎。

他们头上的蒸气像是一片烟幕，透过它可以模模糊糊看到彗星怪诞的闪光。

“那跟泉水全都沸腾的地方差不多一模一样。”小嗅嗅说。

“一股臭味，”小吸吸皱着鼻子说，“别忘了，这不怪我，我早就警告过你们……”

“你怎么样？”姆咪特罗尔透过蒸气向斯诺尔克小妞叫道。

“很好，谢谢！”传来的回答声很微弱。

他们像长腿的昆虫在大步穿越海滩。这时，地势越来越向下倾斜。这里那里总有一些暗绿色的大山升起在他们面前，它们的顶上从前很可能是一些小岛，人们带着孩子拍溅着海水登上去玩儿。

“我再也不能在深水里游泳了，”小吸吸打了一个哆嗦说，“你们倒是想想看，这里的一切全都在地下！”他斜眼朝下面一个黑洞洞的缝里看下去，那里还留着一些水，无疑也充满着奇奇怪怪的水下生活。

“尽管情况很糟糕，这儿还是很美的，”小嗅嗅说，“除了我们，还没有人到过这里呢！那边是什么？”

“一只宝箱！”小吸吸尖叫起来。

“我们说什么也无法带走它，”斯诺尔克小子说，“就让它待在这儿吧。我希望我们在穿越这个地方以前会找到更加神奇的东西。”

这时他们移动在高低不平的黑岩石之间，不得不万分小心，就怕高跷卡在里边。突然，在他们前方的一片阴暗中，有一个巨大的黑影正在迫近。

“那是什么？”姆咪特罗尔气喘吁吁说。他突然停下来，

差点朝前扑倒。

“可能是什么会咬人的东西。”小吸吸不安地说。

他们慢慢朝前挪，在一块大石头后面窥视那黑影。

“一条船！”斯诺尔克小子叫道，“一条沉船！”

可怜的船，它那样子看上去多么让人伤心！它的桅杆断了，藤壶布满了它的船壳。船帆和索具早就让水流冲走了，而它那金色的船头雕饰也裂开了，褪了色。

“你看会不会有人在甲板上？”斯诺尔克小妞小声问道。

“我看他们都被救生艇救走了，”姆咪特罗尔说，“我们走吧，这太可怕啦。”

“等一等，”小吸吸说，他从高跷上跳下来，“我看到了什么金的东西，有东西在闪闪发光……”

“别忘了石榴石和巨蜥！”小嗅嗅在后面叫喊，“最好别去管它！”

但是小吸吸已经弯下腰去，在沙子里抽出一把金柄的匕首来。它镶有猫眼石，像月光那样闪耀，刀刃寒光灼灼。小吸吸把它高高举起，兴奋得欢呼起来。

“哟，真是漂亮！”斯诺尔克小妞也大呼小叫，一下子完全失去了平衡。她前后晃了好几下，突然飞过船边，消失在货舱里。姆咪特罗尔发出一声尖叫，冲上去救她。

甲板上滑腻腻的，使他的行动耽误了一点时间，不过他也很快到了黑洞洞的舱口旁，探头向下张望。

“你在下面吗？”他提心吊胆地呼叫。

“是的，我在这儿。”斯诺尔克小妞尖声回答。

“你没事吧？”姆咪特罗尔问道，纵身跳了下去。这时，他吃惊地发现那儿的水齐到他的腰部，而且发出可怕的污浊臭味。

“我没事，”斯诺尔克小妞说，“只是很害怕。”

“小吸吸真是十足的害人精，”姆咪特罗尔气愤地说，“什么发亮发光的东西他都想弄到手。”

“呃，我倒是很理解他，”斯诺尔克小妞说，“装饰品很有趣，特别是金子和珠宝做的。你看我们在这儿能不能找到更多的财宝？”

“这里那么黑，”姆咪特罗尔说，“有一些危险的动物倒说不定。”

“是的，看来你没有说错，”斯诺尔克小妞很听话地说，“那你就做一个乖乖的姆咪特罗尔，把我从这儿救出去。”

姆咪特罗尔把她举到了舱口。

斯诺尔克小妞马上掏出镜子来看看有没有破。谢天谢地，它完整无损，后面的红宝石一颗也不少。可就在她梳妆打扮的时候，镜子里出现了一个可怕的图画。里边有黑洞洞的货舱，有姆咪特罗尔，他刚爬出来，但他后面阴暗的角落里还有一样东西。一样会动的东西，它正在慢慢地爬近姆咪特罗尔。

斯诺尔克小妞手中的镜子掉了下来，她使出浑身力气叫喊：“小心！你后面有东西！”

姆咪特罗尔回头一看，原来是一条奇大无比的章鱼，最最危险的深海生物，正慢慢地从角落里向着他蠕动过来。他想拼命地往上爬，够到斯诺尔克小妞的爪子。但他从黏糊糊的木板上滑了回去，哗啦一声又落入了水中。这时，小嗅嗅他们也到了甲板上，看看发生了什么事。他们想用高跷去捅章鱼，但是对它丝毫不起作用。它还在无情

地爬近姆咪特罗尔，它那长长的触角已经摸索到了它的猎物身上。

这时，斯诺尔克小妞灵机一动。她常常在太阳底下玩儿镜子，把太阳光照在她哥哥的眼睛上，让他眼花缭乱，睁不开眼睛。说时迟那时快，她捡起镶红宝石的镜子，对章鱼玩起了同样的把戏，只是晃它眼睛的不是太阳，而是彗星。这个把戏十分成功，那条章鱼马上停了下来。就在它眼睛发花不知怎么办的时候，姆咪特罗尔抓住高跷爬了上去，别的人也在用力往上拉。

他们一刻也不耽误，离开了那条可怕的沉船。几乎还没有好好喘口气，就到了几英里以外。

于是，姆咪特罗尔对斯诺尔克小妞说："要晓得，你救了我的命！还用了这么聪明的办法！我要请小嗅嗅写一首诗献给你，因为我怕自己写不好诗。"

斯诺尔克小妞低下了她的眼睛，因为高兴又开始变换她身上的颜色了。

"我很高兴这么做，"她悄悄地说，"只要有可能，就是一天救你八次命也行。"

"只要有你来救，就是一天有八条章鱼进攻我，我也不在乎。"姆咪特罗尔豪爽地说。

"要是你们喋喋不休说个没完，"小吸吸说，"那我们什么时候才能上路？"

现在沙地平坦得多了，而且满地都是巨大的贝，有触角也有螺旋壳，颜色十分迷人，有紫色的、深蓝色的和海一样的绿色。

斯诺尔克小妞想留下来一个个欣赏，听一听深藏在它们里边的海的召唤，可是斯诺尔克一个劲儿地催她。

一些奇大无比的蟹侧身而行，在贝中间进进出出，互

相诉说海水不见了有多么奇怪。它们想知道是谁把海水带走了，海水什么时候回来。

“谢天谢地，我不是水母，没有了水它们什么也不是，只是一个可怜巴巴的小污点。我们当然不管在什么地方都是照样快快活活的。”一只蟹说。

“谁要是生下来不是一只蟹，我都替它难过，”另一只蟹说，“很可能大海干掉是一种故意的安排，好让我们有更大的生活空间。”

“这是一个多么了不起的思想！为什么蟹不是世界上唯一的居民呢？”第三只蟹大声叹息，挥舞着它的钳子。

“这些自私自利的家伙！”小嗅嗅嘟囔道，“用镜子照照它们，看它们是不是懂得该干些什么了。”

斯诺尔克小妞调整彗星的反光，照在那些蟹的眼睛上。这下引起了可怕的动乱。它们惊慌失措，咔嗒作响，疯狂地朝四面八方横冲直撞，一路上还我碰你，你碰我。最后它们把头埋在了池塘的水中。

姆咪特罗尔他们痛痛快快笑了一阵，这才上路。过了一会儿，小嗅嗅想吹个曲子，但是他的口琴发不出声音来，原来是蒸气把它锈住了。

“噢，天哪，”他伤心地说，“想不到会碰上这种最最糟糕的事情。”

“回到家里，我爸爸会替你修好的，”姆咪特罗尔说，“他什么都会修，只要弄清楚它们的构造。”

展开在他们周围的尽是古怪的景色。这里曾经是大海，自从开天辟地以来，这里一直是一片汪洋，有成百万成百万吨的水。

“你们要知道，我们到这下面来可是一件十分隆重的大事。我们现在一定十分接近海洋最最深的地方了。”小嗅嗅说。

但是当他们来到一个最最大的深坑时，他们不敢再下去了。坑边陡陡地倾斜下去，底下绿幽幽地模糊一片。可能根本就是一个无底深渊！可能世界上最大最大的章鱼就生活在下面，埋伏在黏土里，还可能有一些人们从没有见过的、想象也想象不出来的生物。但是斯诺尔克小妞却眼巴巴打量着一只美丽的大贝，它在大坑的边上安身。它身上淡淡的颜色很可爱，这只能在阳光射不到的海洋深处才能见到。它的身体里边模模糊糊，却发出诱人的微光。那大贝独自悄悄唱着大海古老的曲子。

“噢！”斯诺尔克小妞叹口气道，“我真想生活在那个大贝里边。我想到里边去看看谁在那里说悄悄话。”

“是大海在说话，”姆咪特罗尔说，“每一个浪头从海滩上退下去，都要对贝唱一个小小的曲子。不过你说什么也别到里边去，那是一个迷宫，进去了就再也出不来了。”

她在劝说之下继续赶路了。他们开始加快步子，因为黄昏已经阵临，他们不得不找个地方睡觉。透过大海的湿雾，他们彼此只能看到淡淡的身影，周围静得离奇。在这个地方没有一点细小的声音让傍晚显得稍微有点生气。没有小动物啪嗒啪嗒的脚步声，没有树叶在晚风中的沙沙声，没有鸟的叫声，也没有谁的脚踢到石子的声音。

在这片潮湿的土地上你根本就没有办法生火，同时他们也不敢在一个不知道有什么危险潜伏在那里的地方睡觉，所以最后他们决定把帐篷扎在一个很高很尖的大岩石上，这是他们的高跷刚刚能够达到的高度。他们还不得不轮流守夜，姆咪特罗尔轮到头一个，他还决定要替斯诺尔克小

妞守夜。当其余的人全都紧紧地蜷缩在一起睡觉的时候，他坐在那儿凝视荒凉的海底。它被彗星的红光照亮，沙地上还投射着一些黑丝绒般的黑影。

姆咪特罗尔想，大地因为有一个大火球离它越来越近一定感到非常害怕。接着他又想他是多么热爱这一切，森林，大海，风雨，阳光，草地和苔藓。他还想到如果没有这一切，根本就不可能生活。想到这些，他非常非常伤心。可是过了一会儿他就停止了烦恼。

“妈妈知道该怎么办。”他对自己说。

第十章

这一章描写赫木伦的集邮，一群蚱蜢和可怕的龙卷风。

小吸吸一觉醒来说的头一句话就是：“那家伙明天就要到了！”

“那么大！”斯诺尔克小妞说，“快大得像幢房子啦。”

所有的蒸气都因为彗星的热量而消失了，他们可以一眼望到对面，那里海底又渐渐向海滩倾斜上去。原来他们并没有走远。

“树！”小嗅嗅叫了起来，指了指那边。他们全都急急忙忙动身，全速往那儿赶去，甚至等不及踩上高跷。

“银色的白杨！”姆咪特罗尔跌跌撞撞踏上了沙滩，“姆咪谷不远啦！”

斯诺尔克小子吹起了口哨，他们重新回到陆地，又高兴又激动，互相拥抱起来。

他们走在路上的时候，迎面碰到一个木屋特罗尔骑着自行车过来。因为太热，他的脸红通通的（木屋特罗尔从来就没法脱掉他们身上的皮大衣）。他的自行车后座上带着三个箱子，车把上挂着各种各样大大小小的包裹，背上还背着一个包，里边是一个木屋特罗尔宝宝。

“你要离开这里？”小吸吸大声问。

木屋特罗尔从自行车上爬下来说：“问得好，小动物。住在姆咪谷附近的人全都要离开这里。我看没有一个想待在这里等彗星到来。”

“你们怎么知道彗星会正好掉在这个地方呢？”斯诺尔克小子问。

“呃，你也可以说那是鸟嘴里传来的话，”木屋特罗尔说，“麝鼠通过鸟传播了这个消息。对任何一个有自尊的木屋特罗尔来说，彗星要落在姆咪谷这一点是确定无疑的。”

“哦，顺便说一说，”姆咪特罗尔说，“我相信，我们的家庭有些远房亲戚。我离开家的时候，我的妈妈曾经关照过我，要是遇到你，要代她向你问候。”

“谢谢，谢谢，”木屋特罗尔匆匆忙忙地说，“同样也向你妈妈问候。这也许是最后一次我向她送上我的问候了，因为她和你的爸爸坚决拒绝离开山谷。他们说他们得等你和小吸吸回来。”

“那么我们最好快点赶回去。”姆咪特罗尔非常不安地说，“要是你经过邮局，请你发一份电报到我家里去，说我们正在路上尽快往家里赶。行不行？请你把它发成一份问候的电报！”

“是的，我会照办的，”木屋特罗尔说着爬上了自行车，“喔，再见，愿所有特罗尔的保护神保佑你们！”说完，他一本正经骑着车走了。

“你看见过一个人带这么多行李吗？”小嗅嗅说，“那个可怜的家伙真是筋疲力尽了。噢，一个人没有什么东西那该多好！”说罢，他把他那顶绿色的旧帽子快快活活地抛在空中。

“这个我可不懂，”小吸吸说，美滋滋地打量着他那把镶有珠宝的匕首，“有一些真正属于你的美丽的东西，那可是一件好事。”

“现在我们一定得赶路了，”姆咪特罗尔说，“他们正在等我们回家。我敢肯定，那可不是闹着玩儿的。”

路上，他们遇见一群群逃难的动物，有的步行，有的赶车，有的骑车，有的甚至把他们的房子也放在手推车上带走。他们不断惊慌地看看天空，几乎没有一个人抽空停下来说说话。

“这真是奇怪，”姆咪特罗尔说，“我看我们不像他们这些人那样害怕，虽说我们是在往最最危险的地方去，而他们是在离开那个地方。”

“那是因为我们特别勇敢。”小吸吸说。

“哦，”姆咪特罗尔说，“我在想，”他沉思道，“那一定是因为我们对那颗彗星有一些了解。是我们首先知道它正在过来。我们看见它从一个小不点儿变得像太阳一样大……它高高在上，人人都害怕它。它一定很孤独！”

斯诺尔克小妞把她的爪子伸进姆咪特罗尔的爪子里。“不管怎么说，”她说，“只要你不害怕，我也就不害怕！”

后来，他们停在路边吃饭。那儿坐着一个赫木伦，腿上放着一本集邮簿。

“全都乱了套！”他在嘟嘟囔囔自言自语，“到处都是成群的人，却没有一个人肯告诉我发生了什么事。”

“早晨好，”姆咪特罗尔说，“我想，你也许碰巧是我们

遇见过的一个赫木伦的亲戚？他在孤独山收集蝴蝶。”

“那一定是我的堂兄弟，”那个赫木伦回答道，“他很蠢。现在我们没有什么往来。我们断绝了亲戚关系。”

“那是为什么呢？”小吸吸问。

“他对什么都不感兴趣。除了他的破蝴蝶，”赫木伦说，“就是地球在他脚下裂个缝，他也不放在心上。”

“那正是现在要发生的事，”斯诺尔克小子说，“说得准确一点，明天晚上八点四十二分。”

“什么？”赫木伦说，“啊，我早就说过，这里出现了大混乱。整整一个星期我一直在给我的邮票分类，把有齿孔、有水印什么的分门别类放在一起。可那时发生了什么？有人拿走了桌子，我正在上面工作呢。另一个人一把抢走了我屁股底下的椅子。后来整个房子都不见啦。我坐在这里，邮票乱得一塌糊涂，就没有一个人费心告诉我究竟为什么。”

“现在听着，赫木伦，”小嗅嗅说得很慢、很清楚，“这都是一颗彗星引起的，它明天就要碰撞地球。”

“碰撞？”赫木伦说，“这跟邮票有关系吗？”

“不，没有关系，”小嗅嗅说，“那跟一颗彗星有关系，一颗带有尾巴的疯狂的星。要是它到这儿来的话，你的邮票就剩不下多少啦。”

“老天保佑我！”赫木伦气喘吁吁说。尽管他觉得这些人的说法有些不合逻辑，他还是把他的袍子收拢来（不知为什么，一个赫木伦总是穿着一件袍子，可能他们从来就没有想到过裤子），还问他接下来该干些什么。

“跟我们一起走，”斯诺尔克小妞说，“我们发现了一个山洞，你和你的邮票都可以藏到那里去。”

以下就是赫木伦加入他们的队伍一同回到姆咪谷的情形——

有一回，他们不得不往回走几英里，去给他找回一枚从邮票簿里飞出去的珍贵邮票。有一回，因为什么人忘了做什么事，他跟斯诺尔克小子吵了一架（尽管他坚持说那是“辩论”，可人人都看得出来，那是吵架）。不过总的说来，他们跟赫木伦相处得还不错。

他们早就离开了乡村道路，到了一个大树林里，那里长着白杨、橡树，也有一些李树点缀其间。这时，小吸吸停下来在听什么。

他们听到一种很轻很轻的呼呼声和嗡嗡声。这声音越来越近，到后来变成了一片震耳欲聋的轰轰声了。斯诺尔克小妞紧紧抓住了姆咪特罗尔的爪子。

“看！”小吸吸尖叫道。

红色的天空突然暗了下来，一大片像乌云一样的飞虫落下来，接着直扑进树林里去。

“那是一群蝗虫！”斯诺尔克小子叫道。他们都躲在一块大石头后面，小心翼翼地望这群疯狂的绿色强盗成百万成百万地麇集在一根根树枝上。

“这些蝗虫都发了疯？”斯诺尔克小妞小声地说。

“我们——要——吃！”最最近的一只蝗虫唱道，“我们——吃——吃！”另一只蝗虫也唱道：“我们——吃——吃！”其余的蝗虫都合唱起来。凡是看得见的东西，他们全都又啃又撕又咬。

“看着它们我的肚子都饿了，”赫木伦说，“这甚至比上

次的大混乱还要糟糕。但愿它们别吃了我的邮票簿。”

“你们有没有看到那个舞会上喝啤酒的蚱蜢音乐家？它是不是跟它们长得一模一样？”小嗅嗅问。

“它是驯服的，属于草地种，”斯诺尔克小子回答道，“这些是疯狂的埃及蝗虫。”

它们吃得那么快，真是让人惊奇。短短一会儿工夫，那些可怜的树已经光秃秃了，甚至树木附近地上的一根草都不剩。

姆咪特罗尔叹了口气说：“我听说大灾难到来以前，蝗虫总要糟蹋那个地方。”

“什么是大灾难？”小吸吸问。

“那是糟得不能再糟的事情，”姆咪特罗尔说，“像地震啊，海啸啊，火山爆发啊。还有飓风，瘟疫。”

“换句话说，就是大混乱，”赫木伦说，“一个人就永远得不到安宁了。”

“埃及那边情形怎么样？”小吸吸对最最近的一只蝗虫尖声说道。

“哦，你是知道的，缺少口粮，”它唱道，“你要小心，小朋友，警惕大风！”

“我们——吃——完啦！”所有的蝗虫全都唱了起来，接着，爆发出一阵叽叽嘎嘎的声音，那群蝗虫全都从光秃秃的树林里飞了起来。

“一群多么可怕的虫子！”小嗅嗅叹道。他们这支小小的队伍垂头丧气地穿行在蝗虫过后一片死寂的荒土上。

“渴死啦，”斯诺尔克小妞哀号道，“我们是不是快到了？小嗅嗅，你吹吹那个《野草荆棘不到头》的曲子吧，那曲子唱的就是我现在的心情。”

“口琴坏了，”小嗅嗅不肯吹，“一共才只有一两个音吹得出来。”

“那就将就着吹吧。”斯诺尔克小妞说，于是小嗅嗅吹了起来，结果这首曲子仿佛成了这个模样：

野草——荆棘——

小路——弯弯——

——日落西。

筋疲力尽——

小脚——

——门；

——笑脸。

“这首曲子不怎么样。”赫木伦说。他们继续朝前慢慢地走，脚步越来越沉重。

这时，一个龙卷风远在埃及生成了。它的黑翅膀在穿越沙漠，一边过来，一边不祥地呼啸着，卷起了树枝和野草。每一分钟它都在变黑变强。它一路上刮走树木，刮起

屋顶。接着它又扑过大海，爬上高山，最后来到姆咪谷所在的地方。

小吸吸的耳朵长，他首先听到了。“那一定是另一群蝗虫。”他说。

他们都昂起了头，听着。

“这回是暴风。”斯诺尔克小妞说。果然给她说对了。这就是蝗虫警告过他们的大风。

龙卷风的前锋呼啸着穿过光秃秃的树干，扯掉了姆咪特罗尔的奖章，把它吹到了冷杉树的树顶上。它们吹倒小吸吸一共有四次之多。它们也想把小嗅嗅的帽子从他头顶上吹走。赫木伦紧紧抓住邮票簿，又是咒骂又是嘟囔。他们这伙人全都给吹出了树林，吹到了一片开阔的沼泽上。

“这应该安排得更好一点，”斯诺尔克小子大声说道，“像这样的好风，全都派不上用场。”

“吹也吹不到该去的地方，”小嗅嗅说，“这是最最要命的一点。”

他们全都爬到树根下面讨论这件事情。

“我小时候做过一架滑翔机，”姆咪特罗尔说，“它飞得很好……”

“有一个气球倒也是一个不坏的主意，”斯诺尔克小妞说，“我有过一个像香肠一样的气球，是黄的。”

这时，有一个小龙卷风钻到树根底下，抓住了赫木伦的邮票簿，把它带到了高空。他气得一声嚎叫，跳起身来，拔腿就去追赶他的宝藏。他摇摇摆摆，朝上一跳一跳。风刮到了他宽大的袍子里，把他带走，越过了一片石楠。他给一路吹过去，袍子拍打着，就像是一个大风筝。

斯诺尔克小子若有所思地看着他，说道：“我想我有了一个主意。你们都跟我来。”

他们发现赫木伦给吹出去了一段距离，正坐在那里独自呻吟，完全让绝望压倒了。

“赫木伦，”斯诺尔克小子说，“这全怪那可怕的大灾难。不过你是不是行行好，把你的袍子借给我们一会儿？

我们要用它来做一个气球。”

“噢，我的集邮簿！”赫木伦悲叹道，“我一生的工作！我那大量的收藏！又珍贵，又独特，丢了就再也无法弥补！那是世界上最好的收藏啊！”

“听着，马上脱下你的袍子，行不行？”斯诺尔克小子说。

“什么？”赫木伦说，“要脱掉我的袍子？”

“是的，”他们全都大声说道，“我们要用它做一个气球。”

赫木伦气得涨红了脸。“你们这是趁火打劫，”他说，“我刚刚经过一个可怕的事件，那都是你们那个又臭又烂的大灾难造成的。现在你们又要脱掉我的袍子！”

“听着，”斯诺尔克小子说，“你照我们说的去做，我们就去救你的邮票簿。不过要赶快。龙卷风还刚刚开始，就像大风到来之前的预兆一样。等真正的龙卷风来的时候，最最安全的地方，就是在高空中。”

“我才不在乎你们的龙卷风和彗星呢，”他渐渐被彻底激怒了，“只要涉及我的邮票……”

但是他没能说下去，因为他们全都扑在他身上，一转眼就把他的袍子从头顶扯了下来。这是一件很大很大的袍子，袍子底下还有一圈装饰，那是他从姑妈那儿继承过来的。他们只要把领口、袖口扎起来，就成了一个很完美的气球。

赫木伦恶狠狠地咒骂，恶狠狠地嘟囔，但没有一个人去理睬他。因为他们已经看到远在地平线那里，龙卷风正在逼近。它看上去像是一个螺旋形的云，带着狂暴的呼啸和怒吼，在森林上空打着漩扑过来，把树连根拔起，又把它们像火柴梗一样摔下来。

“使出浑身力气抓紧了！”姆咪特罗尔叫道。他们全都死命抓住赫木伦袍子的饰边，为了安全起见，他们的尾巴都缠在一起。龙卷风已经到了。

有很长一段时间，他们既看不见也听不见。但是赫木伦的袍子将他们升了起来，而且越升越高，带着他们飘过沼泽，飘过山顶，飘过干涸的湖泊，不断地飘过去。黄昏来临了，接着黑暗也降了下来，那龙卷风这才没了力气，渐渐消失。最后他们停止移动，这才发现那气球被一棵高大的李树挂住了。

“啊，吓死我啦！”姆咪特罗尔惊呼道，“你们都在这里吗？”

“我在这儿。”赫木伦说，“在还没有发生什么事以前，我必须指出，以后我再也不参加这种孩子气的游戏了。要是你们还要像这样干傻事，你们说什么也别让我卷进去。”

这时候，他们一个个全都筋疲力尽，谁也不想对赫木伦再作什么解释。

“我还在这儿，而且我也找到了我的镜子。”斯诺尔克小妞小声说。

“我也找到了我的帽子，”小嗅嗅说，“还有我的口琴。”

“可是我的练习本不知道吹到哪里去啦，”斯诺尔克小子可怜巴巴地说，“我把彗星来了该做些什么全都写了下来。现在我们怎么办呢？”

“哦，现在别去操这个心，”姆咪特罗尔说，“小吸吸在哪儿？”

“在这里，”传来一个微弱的叫声，“不过不知道是不是真的是我，还是暴风雨过后剩下的一些可怜的残骸碎片。”

“那不正是你吗？”赫木伦说，“我到哪儿也听得出你的尖叫声。现在我能要回我的袍子了吧？”

“噢，那当然，”姆咪特罗尔说，“谢谢你把它借给我们。”

赫木伦一边抱怨，一边呼哧呼哧把袍子套在身上。幸亏当时在黑暗中他看不见龙卷风是怎么对待他那件袍子的。

他们在李树上紧紧靠在一起过夜。他们旅途劳累，所以一直到第二天十二点钟才醒过来。

第十一章

这一章里，描写喝咖啡的茶会，逃往山洞的经过以及彗星的到来。

十月七日没有风，但天很热。姆咪特罗尔醒过来，打了一个大大的呵欠。接着他啪的一声闭上了嘴，把眼睛睁得大大的。

“你知道今天是什么日子吗？”他问。

“彗星！”小吸吸小声说。

我的天哪，它那么大！红红的颜色已经变成了白中带黄的颜色。它的周围还有一圈跳跃的火焰，树林似乎在屏住呼吸等待……蚂蚁在它们的蚁穴里，鸟在它们的巢里。森林里每一个小动物，只要还没有离去，都找个地方躲了起来。

“现在几点啦？”姆咪特罗尔问。

“十二点十分。”斯诺尔克小子回答。

大家都不说话。他们从树上爬下来，就出发了，都想尽快地赶回家去。

只有赫木伦一边走，一边还在独自使性子，抱怨丢失邮票和弄坏袍子的事。

“现在保持安静，”斯诺尔克小子说，“我们有更重要的事情要思考。”

“你认为彗星会抢在我们前头到达吗？”斯诺尔克小妞轻轻地说。

这条路上那群蝗虫肯定没有到过，因为树林还是一片翠绿，他们前面的山坡还开着一些白花。

“你希望把一朵花戴在耳朵后面吗？”姆咪特罗尔问。

“天哪，不！”斯诺尔克小妞说，“我提心吊胆的，哪里还顾得上想这些事。”

小吸吸走在前头。突然，他们听到他发出激动的叫声。

“我看，又有新的乱子了。”赫木伦说。

“嗨！哈啰！快点！”小吸吸在尖叫，“快跑！快来呀！”他把爪子放在嘴边，打了一个响亮刺耳的呼哨。

他们奔跑起来，穿过了树林，姆咪特罗尔跑在前头。他一边跑，一边嗅，一股烤面包的香味朝他飘来。那些树木稀少起来，姆咪特罗尔突然停下来，发出惊奇和快活的叫声。

他的下面正是姆咪家的山谷。在李树和白杨树中间耸立着一幢蓝色的姆咪屋，蓝得那样和平、宁静，那样神奇，跟他离开以前一模一样。在那屋子里边，他妈妈正在安安静静地烤面包、蛋糕。

“现在什么都好啦。”姆咪特罗尔快活地说。他过分激动，不得不坐下来。

“那边就是那座桥！”斯诺尔克小妞说，“还有那棵白杨树，你说过它是很好爬的。那幢房子多漂亮啊！”

姆咪妈妈正在厨房里用薄薄的柠檬皮和一片片蜜饯梨

装饰一个大蛋糕。“送给亲爱的姆咪特罗尔”这几个字用巧克力写在它周围。蛋糕顶上是一颗用棉花糖做的闪闪发光的星星。

姆咪妈妈在独自吹着口哨，还不时朝窗外张望一眼。

姆咪爸爸紧张不安地从这个房间走到那个房间，一次又一次挡住别人的去路。“他们早该回来了，”他说，“已经一点半啦。”

“他们会平平安安回来的。”姆咪妈妈确信无疑地说，“等一会儿我就把蛋糕拿出来！小吸吸有盆子好舔了，那一直都是属于他的权利。”

“但愿他能回来。”姆咪爸爸说，深深叹了口气。

这时麝鼠进来了，坐在一个角落里。

“呃，那个彗星怎么样了？”姆咪妈妈问。

“它更近啦，”麝鼠说，“可以十分肯定，这是一个哭啊叫啊的时刻。不过这样的事情，像我这样一个哲学家当然是不会受影响的。”

“啊，我希望那一时刻来临的时候，你能照管好你的胡子，”姆咪妈妈和气地说，“要是把它们烧焦了那就太可惜了。要不要来点姜汁饼干？”

“嗯，谢谢，只要一点点。”麝鼠说。当它吃完八片姜汁饼干时，它才说：“年轻的姆咪特罗尔好像正在下山，跟他一起来的是一些看上去很奇怪的家伙。我不知道你究竟感不感兴趣。”

“姆咪特罗尔？”姆咪妈妈尖声叫道，“你为什么不早说？”说罢她冲了出去，姆咪爸爸紧紧跟在后面。

他们正在从桥上奔过来！头一个是姆咪特罗尔，后面是小吸吸、小嗅嗅和两个斯诺尔克，最后才是赫木伦。他那一肚子火气还没有消呢。

他们扑进亲人怀里，紧紧地拥抱。姆咪妈妈大声叫喊：“我亲爱的姆咪孩子，我以为再也见不到你啦！”

“你真该看看我跟毒树丛战斗的情形！”姆咪特罗尔说，“哗一下，一条胳膊下来了！啪一下，另一条胳膊掉了！到最后它就光剩下一个树桩！”

“好！”姆咪妈妈说，“谁是那个小女孩？”

“那是斯诺尔克小妞，”姆咪特罗尔说着把她带到了前面，“我从毒树丛里救出来的就是她。这是小嗅嗅，一个在全世界流浪的人。这是赫木伦，一个集邮家！”

“喔？”姆咪爸爸说，“真的吗？”这时候他才明白过来。“啊，是，”他说，“记得我小时候也集过邮。这是一种很有趣的爱好。”

“那是我的爱好，也是我的工作。”赫木伦很不客气地回了一句。（他没有睡好。）

姆咪爸爸说："昨天晚上龙卷风把一本集邮簿吹到了这儿来，无论如何，你一定要评价评价那本集邮簿。"

"你是说，集邮簿，"赫木伦叫道，"吹到这儿来啦？"

"可不是嘛，"姆咪妈妈插嘴说，"我昨天晚上揉生面团，今天早晨它上面掉满满了一小片一小片粘粘的纸。"

"粘粘的纸，"赫木伦尖声说道，"那一定是我珍品中的珍品。它们还在吗？在哪儿？以所有赫木伦的名义，你们真的没有把它们扔掉吗？"

"它们全都给挂起来，正在晾干。"姆咪妈妈指指李树下的一根晾衣绳。

赫木伦冲了过去。

"这会儿他有点生气，"小吸吸哈哈大笑说，"可要是彗星在他背后追赶，他连奔两步都不愿意。"

"对啦，说到彗星，"姆咪妈妈不安地说，"麝鼠说今天晚上它要掉在我的菜园里。这真是伤脑筋，我刚刚下了种。"

"我建议我们在姆咪屋里开个会，讨论这件事情，"斯诺尔克小子说，"当然，我的意思是你们不介意的话。"

“不，不，当然不，”姆咪爸爸说，“请进来，请不要拘束。”

“先请吃点新鲜的姜汁饼干，”姆咪妈妈说着，有点慌张地拿出带有玫瑰和百合图案的咖啡杯来，“你们及时赶回家真是太好啦。”

“你有没有收到木屋特罗尔发来的电报？”小吸吸问。

“收到了，”姆咪爸爸说，“不过这份电报颠三倒四，多半只是一些惊叹号。那个木屋特罗尔显然太激动了，没法发什么电报。”

正在这时，姆咪妈妈从窗子里探出身子来叫道：“咖啡。”他们鱼贯而行到了里边。只有赫木伦留了下来，他正忙着把所有的邮票摊开来，分成堆，他只气鼓鼓地咕哝了一声，说他没有空。

“嗯，”斯诺尔克小子说，“现在我们要讨论最最要紧的事情了。很不幸我丢掉了那本练习本，我在里边准确地写下了逃避彗星应该做些什么事情。但是有一点非常清楚，就像鼻子在我脸上一样，那就是我们必须找到一个躲藏的隐蔽所。”

“你什么都要小题大做！”他的妹妹说，“这个问题很简

单嘛。我们所要做的只是爬进姆咪特罗尔的山洞，把我们最最宝贵的东西带上。”

“还要带一大堆食物，”小吸吸说，“顺便提一下，那是我的山洞。”

“我的天哪！”姆咪特罗尔叫了起来，“光是你一个人能找到山洞吗？”

这下轮到姆咪特罗尔和小吸吸进行长长的叙述了：他们如何找到那个山洞，那个山洞如何神奇，如何是一个完美无缺的藏身之地。他们两个人同时讲话，谁都想说得比别人响，结果呢，小吸吸把咖啡倒在了桌布上。

“真是的！”姆咪妈妈很恼怒地喝住他们，“可见你们在外面的时候，一直过着小流氓一样的生活。小吸吸，你最好到垫子上去吃东西。蛋糕盆在洗碗池里，你要想拿，就一起拿去。”

桌子上一片狼藉。小吸吸钻到了桌子底下。会议继续举行。

“我一向认为人们应该分工合作。”斯诺尔克小子神气活现地说，“我们大家必须尽快把我们的东西运到山洞里去。或许我跟我妹妹可以把床单运去？”

“那很好，”姆咪妈妈说，“我带果酱。亲爱的小吸吸，你能不能把办公桌抽屉里的东西全都倒出来？因为所有这些东西都要打包。”

接下来，有人东奔西跑，有人东搬西搬，有人包扎大包小包，一场大混乱开始了。这种场面你也许从未见过。姆咪爸爸装满了手推车，姆咪妈妈匆匆忙忙寻找绳子和报纸。这很像战争期间出了布告，几小时以后就要疏散到乡下去。

一次又一次，姆咪爸爸推着手推车，穿过树林，推到沙滩，卸在沙地上，然后姆咪特罗尔和小嗅嗅用绳子把一样样东西吊到山洞里去。

这个时候其余的人正在尽可能收集房子里可以移动的东西，小到碗柜的门把手和窗帘的绳子。

“我一样东西都不想留给那臭彗星，”姆咪妈妈喃喃地说，把浴盆从门里拖出去，“斯诺尔克小子，亲爱的，你跑去把菜园里的萝卜全都拔出来。小吸吸，你去把炉子上的蛋糕带走，不过千万要小心！”

姆咪爸爸呼哧呼哧推着手推车来了。“你们大家都快点！”他说，“天很快就要黑了，山洞顶上的洞口还要堵起来。”

“好的，好的，”姆咪妈妈说，“马上来。我只是想把大黄花坛周围的贝壳和那些最好的玫瑰也带走。”

“不，”姆咪爸爸坚决地说，“这些我们无论如何要留下。你这就爬到浴盆里来，我把你推到山洞那儿去。赫木伦在哪儿?”

“他正在数邮票,”斯诺尔克小妞说,“他好像对别的都不感兴趣。”

“哈啰,赫木伦!”斯诺尔克小子叫道,“看在老天爷的份上,快点啦。彗星一会儿就要来了,到那时你的邮票肯定都会完蛋的。”

“噢,老天保佑我!”赫木伦大叫一声,一下子跳进了浴盆。他在浴盆里抱着邮票簿牢牢地坐稳了,挪动一下都不肯。

接着,他们动身了。这是他们最后一次到山洞去。岸边阴沉沉的一片荒凉,在他们面前,昔日的大海现在成了一个巨大的沙坑。暗红色的天空挂在他们头上。他们的后面,森林正在酷热里喘气。那彗星现在已经很近很近了。它发出白热的光,正在向姆咪谷冲来,看上去奇大无比。

“麝鼠在哪儿?”姆咪妈妈突然很惊慌地问。

“它不肯来,”姆咪爸爸回答道,“它说没有这个必要,像这样匆匆忙忙对一个哲学家说来是一件很丢脸的事。我不得不留下它。不过我把吊床留给了它。”

“哦,那好,”姆咪妈妈叹气说,“想要了解这些哲学家

可真难。让开点，孩子们，爸爸要把浴盆吊上去。”

姆咪特罗尔、小吸吸和小嗅嗅喊着号子在山洞里开始起吊。姆咪爸爸和两个斯诺尔克在沙地上往上推，大家喊着号子。那浴盆上下晃动几下，一个滑溜，又重新吊了起来，最后吊到了山洞外面的岩石上。

姆咪妈妈一直坐在沙地上，擦着额头上的汗，这时才舒了一大口气，大声说：“这真是一次大搬家，多不容易！”

赫木伦仍然端坐在浴盆里，吊运浴盆的事他一点也不肯沾手。这会儿，他早爬进了山洞，把他的那些邮票安排开了。“老是这么吵吵闹闹，匆匆忙忙，”他叽叽咕咕地说，“就不能让我弄弄清楚，把它们理出个头绪来。”

就在天越来越热、越来越黑的时候，时钟慢慢爬近了

七点。

他们无法把浴盆弄进洞口。斯诺尔克小子想开一个会讨论讨论，但是已经没有时间了，他们决定干脆把它吊到洞顶，挡住那儿的洞口。

姆咪妈妈在山洞软软的沙地上为他们铺床，点起了灯。小嗅嗅在门前挂起了一条毯子。

“你以为这就足够保护我们了吗？”姆咪特罗尔问。

小嗅嗅从口袋里取出一只瓶子，得意扬扬地挥了挥。“你难道忘了火精灵送给我的地下防火油？”他说，“剩下来的足够涂在毯子的外面，这样就是二十个彗星也没法把它烧着了！”

“但愿它不会弄脏了毯子？”姆咪妈妈不安地问。

这时，他们听到山洞外面一阵东闻西嗅的声音，一张鼻子从毯子底下伸进来，接着是两只黑眼睛，再后来是整个麝鼠。

“喔！”小吸吸大声招呼，“你终于来啦，麝鼠大伯？”

“我发觉下面太热，没法思索。”麝鼠说着架子十足地轰隆轰隆走向一个角落。

“现在我们都做好了准备。”姆咪爸爸说，“现在几点啦？”

“七点二十五分。”斯诺尔克小子说。

“那么我们还有时间尝尝蛋糕，”姆咪妈妈说，“小吸吸，你把它放哪儿啦？”

“放在那边。”小吸吸指了指麝鼠那个角落。

“我才不去操心蛋糕那样的东西呢，”麝鼠说，板起面孔，扭动了一下胡子，“我没有看见，没有尝到，连味道都没有闻到一点。”

“那好，可蛋糕究竟到哪里去了呢？”姆咪妈妈说，失望到了极点，“小吸吸，不会是你在路上吃光了吧？”

“那么大，我吃得了吗？”小吸吸觉得很冤枉。

“这么说，你还是吃了点！”姆咪特罗尔尖声叫道，“得啦，你就坦白吧！”

“只有头顶上的星星最清楚，”小吸吸说，“这也太难了。”他爬到垫子底下，把自己藏了起来。

“可怜的孩子们。”姆咪妈妈说着，在一把椅子里坐下来，突然觉得很疲倦。

斯诺尔克小妞目光炯炯地朝麝鼠看了一眼。“请你动动窝行不行，麝鼠大伯？”

“我一旦坐在哪儿，就再也不动窝了。”麝鼠说。

“可你坐在我们的蛋糕上了啊。”斯诺尔克小妞说。

麝鼠站了起来。噢，天哪，我从没见过这种情景：他的屁股上一塌糊涂，至于那个蛋糕……

“不管怎么说，我太冤枉啦！”小吸吸大声疾呼。

“我的蛋糕也太冤枉啦，”姆咪特罗尔呻吟道，“上面还有我的名字呢！”

“我看我整个下半辈子都得这样黏黏糊糊了。”麝鼠伤心地说，“但愿我能像一个男子汉和一个哲学家那样忍受下来。”

“大家安静，”姆咪妈妈提高声音说，“蛋糕还是蛋糕，不过就是形状不同罢了。现在拿起你们的盘子，我们分一分。”她切开压扁的蛋糕，把它平均分成九份，分发给大家，然后她在一个大盆里放满了热水，让麝鼠坐到盆里去。

“这完全扰乱了我的宁静，”麝鼠抱怨道，“一个哲学家

应该得到保护，不受日常生活中的粗暴待遇。”

“放心，”姆咪妈妈安慰它说，“很快你会觉得很舒服的。”

“可我在乎，”麝鼠暴躁地说，“永远得不到安宁……”它继续嘟囔个不停。

山洞里越来越热。他们分散在各个角落里等待着。不时有人发出一声叹息，或者清楚地说句什么，其余时间一片寂静。

姆咪特罗尔突然跳起来。

“我们忘了丝猴！”他叫嚷道。

“真的忘啦，”姆咪妈妈说，“一件多可怕的事！就在昨天我还看见她在追赶蟹呢。”

“一定要救她，”姆咪特罗尔断然地说，“有谁知道她住

在什么地方？”

“她在哪儿也待不长，”姆咪爸爸说，“我看她只能听天由命了。我们没有时间去找她了。”

“噢，请你别去，亲爱的姆咪特罗尔！”斯诺尔克小妞恳求他说。

“我得去，”他回答道，“我会回来的，别担心！”

“带上我的表，这样你可以看看时间，”斯诺尔克小子说，“你能跑多快就跑多快。已经八点一刻了。”

“那我还有二十七分钟。”姆咪特罗尔说。他抱了抱紧张不安的妈妈，吞下了最后一口蛋糕，便钻到了毯子底下去。

这就像走进了一个滚烫的大炉子里一样。树木弯弯地耷拉着脑袋，一动也不动。那彗星明晃晃地燃烧着，你看都没法看它一眼。姆咪特罗尔奔过沙滩，进了树林，可着嗓子喊叫：“喔喔！丝猴！你在哪里？丝猴！”

树下的一片红光中没有一点动静：所有的小动物都藏在地下，缩成一团，害怕得不敢出声。只有姆咪特罗尔穿行在树林里。他停下来，叫几声，听了听，又重新跑起来。最后他站定了，看了看表。他只剩下十二分钟，不得不往回跑了。

他发出最后一声喊叫。这回，传来了一个微弱的回音，让他好不开心。他把爪子含在嘴上当喇叭，又叫喊了一阵。回答的声音越来越近。不一会儿，丝猴从一棵树上荡下来，到了他面前。

“好啊好啊，”她喋喋不休地说，“没有想到会遇见你。我正在纳闷——”

“现在我们没有时间多谈，”姆咪特罗尔打断她说，“跟我到山洞里去，越快越好，要不然我们会遇到一件非常可怕的事情。”

他们飞快地动了身。丝猴嘻嘻哈哈，尖着嗓子大惊小怪，连珠炮似的问个不停，对要发生的事没有一丝概念。“这事是不是很刺激?”她兴高采烈地从这根树枝蹦到那根树枝，嘴里还说个不停。她认为这些个全都很有趣，和赛跑一类的事差不多。

姆咪特罗尔还从来没有跑得那么快过。他不时看看表，那表走得似乎比平常快多了。只剩四分钟了！

他们到了海滩上……只剩三分钟了！啊呀，在沙地上奔跑难上加难。姆咪特罗尔抓住丝猴的爪子，一起作最后

的冲刺。

姆咪妈妈等在洞外，一看见他们，就挥起双臂，叫道："快点，孩子们！快跑！快跑！"

他们拼命地爬上岩石。姆咪妈妈抓住他们，把他们推进洞口。

"噢，谢天谢地！"斯诺尔克小妞气喘吁吁地说，她慢慢地开始恢复正常的颜色，因为刚才的二十多分钟里，她提心吊胆，身体一直是粉红的颜色。"你总算及时回来啦，我的姆咪特罗尔！"

这时，他们全都听到外面传来一个可怕的声音，一个嗞嗞作响的轰隆声。除了正全神贯注摆弄邮票的赫木伦和待在热水盆里不肯出来麝鼠，他们全都扑倒在地，挤成了一堆。灯熄灭了，他们处在一片漆黑之中。

那彗星正在一头撞向地球。时间正好是八点四十二分零四秒。一股气流就像是一百万颗火箭同时燃放，震得地动山摇。小吸吸可着嗓子喊叫，小嗅嗅把帽子一直扯到鼻子上，好像这也能保护他似的。

那彗星带着熊熊燃烧的尾巴穿过山谷，越过森林和大山，然后又飞过世界的边缘消失了踪影。

要是它再稍微靠近一点地球，我可以十分肯定，我们现在谁也不会在这儿啦。可它只是尾巴一挥，又向另一个遥远的星系飞去了，而且从此以后人们再也没有看见过它。

但是，他们在山洞里并不知道所有这一切。他们以为彗星下来的时候，所有的一切不是烧掉，就是砸得稀烂，他们的山洞是整个世界唯一剩下来的东西。他们听了又听，可他们听到的只是一片寂静。

“妈妈，”姆咪特罗尔说，“是不是全都过去啦？”

“是的，过去啦，我的姆咪特罗尔，”他妈妈说，“现在一切都好了，你们也该睡觉啦。你们都得去睡觉了，亲爱

Tove

的孩子。别哭，小吸吸，现在没有危险了。”

斯诺尔克小妞还在发抖。“它很可怕吗？”她问。

“别再去想它了，”姆咪妈妈说，“抱紧我，小丝猴，暖和暖和。我给你们唱个摇篮曲。”这就是她所唱的：

紧紧偎依在一起，
紧紧闭上你的眼睛，
整整一晚上，
安睡不做梦。
彗星已离去，
妈妈就在你身边，
守护你一夜到天亮。

很快，他们一个个都倒头睡着了。到最后，山洞里只是一片和平与宁静。

第十二章

故事的结尾。

第二天早晨，姆咪特罗尔头一个醒来。有好长一段时间，他都记不得自己在什么地方。等到一切回忆重新回来时，他马上就起来，踮起脚悄没声儿走到洞口，小心翼翼掀起坛子，朝外张望。

映入他眼睛的是什么样的景象啊！天空已经不再发红，

又变得湛蓝湛蓝的，非常美丽。早晨的太阳还在老地方照耀着，好像抹上了一层新的光彩。姆咪特罗尔坐下来昂着头对着太阳闭起了眼睛，发出一阵深深的、幸福的叹息。

过了一会儿，斯诺尔克小妞也爬出洞来坐在他身边。

“啊，这天空，这太阳，这岩石都还在呢。”她很庄严地说。

“你看！海也回来了。”姆咪特罗尔小声说道。它在那儿朝他们滚滚而来，像柔软的蓝色丝绸一样闪烁着微光。这还是原来的大海，他们热爱的大海。所有小小的海洋生物都从藏身的泥泞中出来，快快活活冲到海面上来。海藻和水下植物开始朝着太阳生长起来。开阔的海面上，一群海鸥出现了，很快就在海滩上盘旋起来。

他们在山洞里一个个醒过来，惊奇地眨着眼睛。黑夜对他们来说似乎只是一个可怕的梦，有黑色也有红色。实际上恐怕只有赫木伦一个人对灿烂的阳光和蓝色的海洋并不感到惊讶。他刚把邮票带到沙滩上，说道："现在我要第七次把我的水印邮票整理好，谁要是扰乱我，灾难就降临到谁的头上，不管他是姆咪部落，还是斯诺尔克或者小嗅嗅部落。"

麝鼠鼻子里喷着粗气，梳理一下胡子，晃晃悠悠过去看它的吊床是不是还在那里。

"现在我的回忆录又有了新的一章，"姆咪爸爸说，"我的天哪！这本书写完了一定非常激动人心。"

"那还用说吗，亲爱的？"姆咪妈妈说，"但是生活中有那么多激动人心的事不断发生，只怕你这本书永远写不完啦。喔，重新看到太阳真是让人高兴！"

小吸吸尾巴打成一个蝴蝶结跳起舞来。他朝着太阳高高举起他的匕首，因此猫眼石特别耀眼。接着，他跟丝猴一起出发去看看大灾难以后蟹有没有剩下来。

这时候，小嗅嗅拿出他的口琴来，他要再试试看。所有的音都回来了，甚至最小的音也不例外，所以他又可以吹个心满意足了。

姆咪特罗尔回到山洞里去，把他的珍珠都挖了出来，放在斯诺尔克小妞的腿上。

"这些都给你，"他说，"这样你全身都可以打扮起来，成为世界上最最漂亮的斯诺尔克小妞。"

但是他把最最大的一颗珍珠献给了他的妈妈，让她戴在鼻子上。

"噢，姆咪特罗尔！这真美丽！"她说，"不过现在我想知道一些情况。你认为树林是不是还在那里，还有房子和菜园呢？"

"我看样样东西都还在。"姆咪特罗尔说，"要不你跟我去看看？"

很大的米——扬松童话

著名儿童文学作家
上海师范大学博士生导师
梅子涵

这个世界本来是没有童话的，但是有很多苦难，还有很多乏味，还有很多的糊里糊涂。你说，总是在苦难里在乏味里，而且还总是在糊里糊涂里，有什么意思？后来大概就出现童话了。

童话出现，一定是非常令人吃惊的，要不，为什么现在人们听说了一件不可思议的事，看见了一个意外的美好，总会叹息地说："这真像一个童话哦！"

世界上究竟已经有多少童话，谁知道呢？如果一个童话就是一粒米，那么它们有很大一麻袋那么多吗？或者有很大的一粮仓那么多吗？谁可以来数一数呢？你就是变成一只最机灵的老鼠，钻进这麻袋和粮仓，也没法机灵地数清楚，童话是没有办法一粒一粒数清楚的。

格林童话你数得清楚，可是德国的童话你数得清楚吗？格林兄弟那时只是挑了很少的一点儿编了出来给大家看，捡了二百多粒米印在书里，还有许多的童话，他们望洋兴叹，只好对自己说："算了吧，就编这一些吧，算了吧，望洋兴叹！"

安徒生的童话也数得清，可是我们一定不会知道，安徒生还说过多少的童话给人听，可是却没有写下来，但是那些听的人，吃了这些米，他们欣喜和感动，他们甚至死了以后，墓前都与众不同地长出了一朵玫瑰花，可是我们没有看到，所以我们漏了数。

所以，我们是数不清童话的米的。

童话的米不是每一粒都一样的。有的米粒特别大。大到什么样呢？像一颗枣子，像一个核桃，像一个黄的橘子、红的苹果，甚至像一个圆的世界。

扬松写的童话就是一粒粒大的米。像一颗枣，一个核桃，一个橘子，一个苹果。它们产于芬兰，但是它们的味道很多别的国家的人都尝到了。非常优良的童话米，童话枣……一定都是世界的食品。她的一个一个的"姆咪"故事，那里面的一个个像人但不是人的“童话人”，是给世界童话的一个珍异的增添。那是崭新的、芬兰的、扬松的！那是像芬兰的光线温温的，像芬兰的心情淡淡的，像芬兰的气息特别干净的。那是一个中国的小孩真应当去参观的童话新世界。芬兰人很自豪他们的这个童话的大的米，他们在赫尔辛基的海边，做了一个专门的建造，让游人走进，他们在木牌上写着：姆咪世界。

我们终究是很需要童话的世界的。不然我们到哪里去看见真正的诗意，到哪里去聆听真正的安宁，到哪里去欣赏真正的飞翔精神，到哪里去知道完美的生命。时间到哪里去了，还没有真正的年少过，就已经老了；时间到哪里去了，还没有真正的爱过，就已经死了。时间的太阳在那些大的米的童话里一直不会下山，所以我们可以走到它们的里面天天被照耀。

我就是这样固执地说着童话。

也这样推荐扬松。